A HORA DOS RUMINANTES

JOSÉ J. VEIGA

A hora dos ruminantes

2ª edição
1ª reimpressão

COMPANHIA DAS LETRAS

Copyright © 2015 by herdeiro de José J. Veiga

Grafia atualizada segundo o Acordo Ortográfico da Língua Portuguesa de 1990, que entrou em vigor no Brasil em 2009.

Agradecemos a Gregorio Dantas pelas sugestões de leitura sobre o autor.

Capa
Kiko Farkas e André Kavakama/ Máquina Estúdio

Ilustração de capa
Deco Farkas

Foto do autor
DR/ Kaulino/ Arquivo pessoal da família

Todos os esforços foram feitos para determinar a origem da imagem publicada neste livro, porém isso não foi possível. Teremos prazer em creditar as fontes caso se manifestem.

Preparação
Lígia Azevedo

Revisão
Luciane Helena Gomide
Angela das Neves

Dados Internacionais de Catalogação na Publicação (CIP)
(Câmara Brasileira do Livro, SP, Brasil)

Veiga, José J., 1915-1999
    A hora dos ruminantes / José J. Veiga. — 2ª ed. — São Paulo: Companhia das Letras, 2022.

   ISBN 978-65-5921-227-9

   1. Ficção brasileira I. Título.

22-99583   CDD-869.3

Índice para catálogo sistemático:
1. Ficção: Literatura brasileira   869.3

Maria Alice Ferreira — Bibliotecária — CRB-8/7964

Todos os direitos desta edição reservados à
EDITORA SCHWARCZ S.A.
Rua Bandeira Paulista, 702, cj. 32
04532-002 — São Paulo — SP
Telefone: (11) 3707-3500
www.companhiadasletras.com.br
www.blogdacompanhia.com.br
facebook.com/companhiadasletras
instagram.com/companhiadasletras
twitter.com/cialetras

Para Clérida, com amor

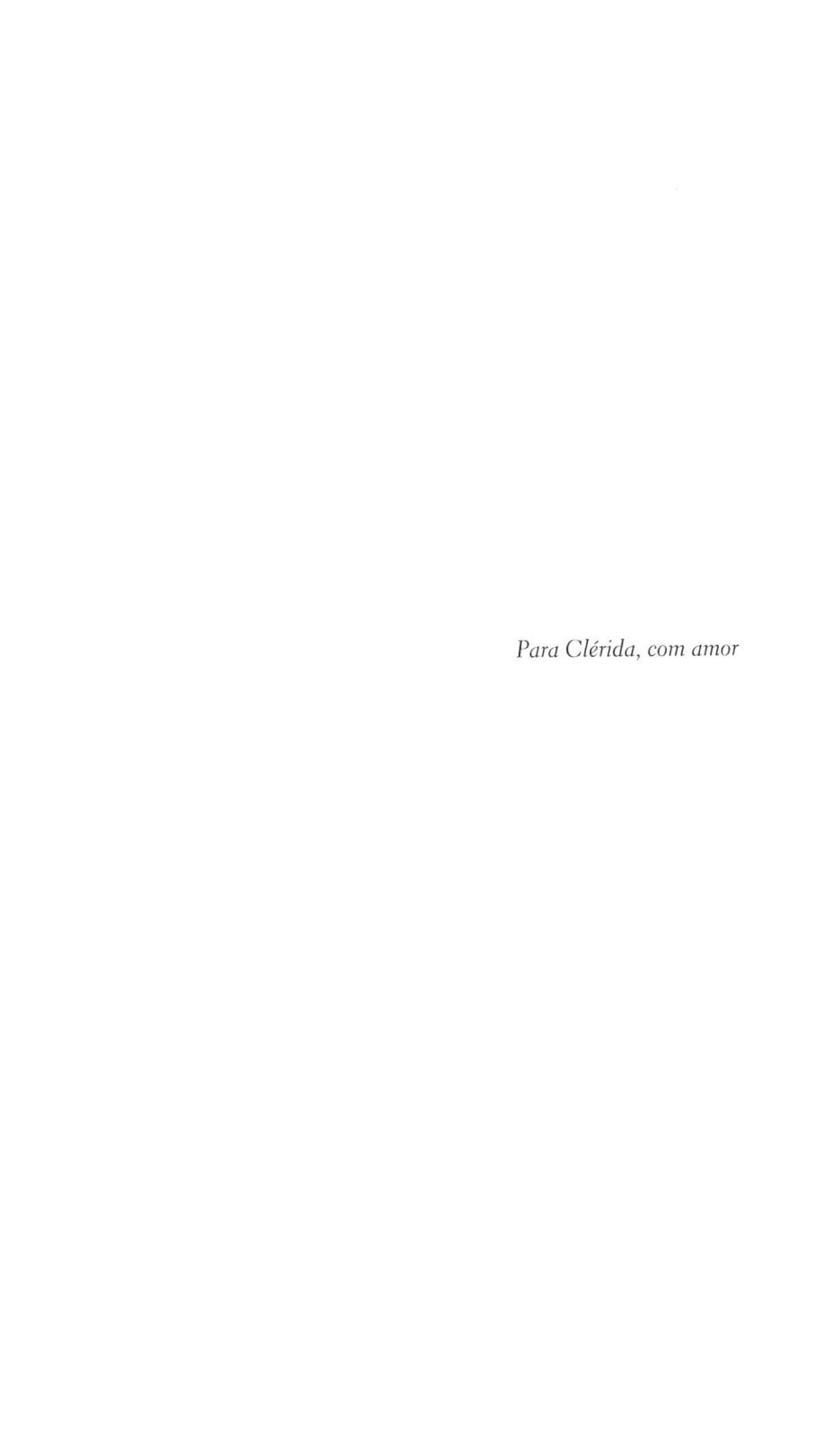

Sumário

Prefácio — Antonio Arnoni Prado, 9

A chegada, 21
O dia dos cachorros, 59
O dia dos bois, 119

Sugestões de leitura, 143

Prefácio

Antonio Arnoni Prado

Não há como pensar nos livros de José J. Veiga sem esquecer a maneira esquiva e pouco convencional com que por vezes ele costumava surpreender as pessoas. Ainda me lembro, a propósito, de uma manhã, ali pelo final dos anos 1980, em que fui buscá-lo num hotel de Campinas para assistir a uma defesa de tese sobre sua própria obra.

Eu era professor de literatura na Unicamp, e um dos meus alunos havia acabado de escrever uma boa dissertação de mestrado sobre o conjunto dos textos que o Veiga havia até então publicado. Como goiano e grande admirador do escritor, o rapaz — que aliás o conhecia — pediu-me que o convidasse a assistir à sessão pública dos trabalhos. Veiga não pestanejou e na mesma hora confirmou presença, enchendo-nos de satisfação e expectativa.

No dia marcado, fui encontrá-lo num dos hotéis centrais da cidade em que o departamento costumava hospedar seus convidados. Na portaria, preocupado com o adiantado da hora, pedi que o avisassem da minha chegada. "José da Veiga?", perguntou atenciosa a recepcionista maquilada de fresco à frente de uma confusão de pessoas que entravam e saíam em meio ao alarido de telefones, ecos de buzinas e ruídos de pratos e talheres que subiam da sala de refeições. "Ah, sim", emendou em seguida, enquanto aguardava pelo interfone, "um senhor simpático, de cabelos brancos? Ele saiu bem cedinho, ainda não eram seis horas."

Disse isso e desligou o interfone. Tentei explicar que talvez fosse outra pessoa, que o hóspede que eu procurava tinha horário marcado para um compromisso na universidade. "Por favor, fale ali com o porteiro da noite, que ele sabe para onde foi o senhor José da Veiga", ela disse meio a contragosto, solicitada por um sujeito desesperado em fechar a sua conta para não perder o táxi que o esperava na calçada.

O que o porteiro então me revelou justifica a presença de detalhes como estes num prefácio de apreciação crítica em cujo centro figura uma personalidade como a de José J. Veiga. "Ele saiu cedinho", o homem foi logo me dizendo. "Foi andar pelas ruas do centro enquanto ainda não tem muita gente na cidade." E emendou: "Sujeito gozado aquele, não? Queria ver se encontrava cavalos e carroças circulando pelas ruas. Ainda tentei desaconselhar, mas não era só isso, não", ele explicou. "O homem queria olhar as lojas para ver se encontrava selas de montaria, botas, chicotes e arreios, todas essas coisas difíceis de achar por aqui." E, pegando no meu braço: "Sem falar nos modelos de trabuco velho e de espingarda de cano longo, que ele achava que só ia encontrar pelo interior".

O porteiro falava e eu pensava comigo: se li bem os contos do Veiga, acho que ele não volta tão cedo, afinal aquilo tudo estava no cerne do mundo à parte em que ele vivia mergulhado. Olhei o relógio e vi que ainda restava algum tempo. Mas nem bem me sentei na sala de espera contígua à portaria, dei com o Veiga entrando calmamente com um embrulho debaixo do braço. "Já está na hora?", me perguntou sorrindo, enquanto deixava o embrulho com a moça do balcão. Fiz sinal que sim. "Então vamos, chefe! Vamos ouvir os doutores conversar!"

Os doutores conversaram, mas ele também conversou bastante, pois como presidente da banca eu "abri um precedente" e ele acabou gostando tanto do negócio, que não hesitou em animar os debates sempre que solicitado a esclarecer alguns dos temas controversos propostos pelos examinadores.

Dentre os seus livros, que depois se multiplicaram e extrapolaram o gênero do conto, este A *hora dos ruminantes* (1966) é um dos mais representativos da sua produção literária. É a partir deste livro, que sucedeu a Os *cavalinhos de Platiplanto*, de 1959, que a estranheza do gênero cultivado por Veiga veio nos revelar uma singularidade inventiva que desde logo o destacou dos demais escritores do período.

E o destacou não porque o projetasse como novo representante do relato gótico, mágico ou fantástico em si mesmo, como foi então opinião corrente. Basta lembrar que a grande marca deste livro, em relação ao volume de estreia, está no traçado das personagens e na ambiguidade dos diálogos, já então em grande parte desligados da subjetividade emotiva que determinava nos *Cavalinhos* a incompletude dos desfechos e o modelo convencional das reações ao mágico e ao estranho puro.

Mas é bom lembrarmos que o próprio Veiga não gostava que o incluíssem entre os narradores *fantásticos*. Sempre que alguém o aproximava de um Murilo Rubião, de um García Márquez ou até mesmo de um Julio Cortázar, ele fazia questão de corrigir: "A minha literatura é uma literatura realista: nem fantástica, nem mágica". Quer dizer: original e estranha sem sair da singular estranheza da nossa própria realidade. Ou, como o definiu um crítico: um autor que nos faz lembrar o realismo mágico ou surrealista, criando "uma realidade bem brasileira, usando o nosso coloquial localista, como se estivesse escrevendo literatura regional".

Em Veiga, a singularidade do mundo revelado vem do convívio entre a ordem primitiva e as feições de um estranho que, se de um lado aproxima os sintomas do medo a uma espécie de tragicomédia da sobrevivência, de outro banaliza o mistério ao fundi-lo às reações da gente simples das aldeias longínquas, em que os limites do cotidiano não vão além dos bate-papos do armazém, da lida doméstica com os animais e dos afazeres da roça, cuja única distração se resume ao tédio de olhar pela janela a modorra do tempo e o curso da vida que não passa.

É em contextos como este que os presságios do mistério se manifestam em sua ficção, como ocorre com os prenúncios estranhos que, trazidos pelo vento, vão aos poucos transtornando a chegada da noite na pacata vila de Manarairema, a ponto de aguçar o choro das crianças, o latido dos cães e o escurecer da natureza, onde os grilos "afiam ferros", os morcegos "costuram a esmo, estendendo panos pretos, enfeitando o largo para alguma festa noturna" que fará a cidade padecer.

Manarairema é um desses espaços em que a ficção de José J. Veiga nos revela a modernidade de uma tendência literária frente aos conflitos de um mundo submerso, cuja paisagem exterior o realismo naturalista havia delineado, sem no entanto evitar que ficassem em aberto os veios mais fundos de uma configuração social e humana que fatalmente viria à tona quando revisitada pelos narradores do futuro, Guimarães Rosa à frente, mas com Veiga marcadamente entre eles.

Penso, no entanto, que a especificidade do termo *fantástico* seja insuficiente para dar conta do enquadramento literário com que esse universo singular acaba amoldado pela prosa narrativa de José J. Veiga. Digo insuficiente porque não será através do fantástico ou do irreal muitas vezes impalpável, como o dos motivos *essenciais* em Kafka, por exemplo, que compreenderemos a peculiaridade das extravagâncias que emergem de seus relatos.

E nem mesmo através das distinções sutis que decorrem das gradações movediças que imperceptivelmente se deslocam da esfera do mágico para as esferas do estranho e do estranho puro.

Sob esse aspecto, o que impressiona nos relatos de A *hora dos ruminantes* é que a ordem primitiva corresponde a uma desordem igualmente primitiva que, apesar de enigmática e misteriosa, não se ajusta aos padrões de cultura em que se codificam os modelos clássicos do mágico e do fantástico propriamente dito. É que nesses relatos a poesia do cotidiano parece fundir natureza e humanismo numa rotina singular em que os prenúncios do estranho como que brotam da própria terra, a um passo da experiência dos homens, convertendo a narrativa numa espécie de mágico sobressalto que desagrega o conjunto inteiro, mudando a tensão em comédia, o susto em trapalhada e o pavor em bizarrice.

É dessa perspectiva que, nos textos de José J. Veiga, certos procedimentos do fantástico acabam diluídos ou esvaziados de suas funções de origem. É por isso que, em seus argumentos, a introdução do mistério jamais se apresenta como certas instâncias de pavor que paralisam e condicionam a progressão do relato, como ocorre com os principais representantes do gênero.

Basta atentar, na abertura de A *hora dos ruminantes*, para a chegada dos cargueiros que descem pela estrada "quase casados com o azul geral", para perceber quanto a sua presença, menos que um motivo ameaçador e estranho para a rotina da comunidade, é em grande parte o resultado da imaginação preguiçosa dos homens da aldeia, gente que se impressiona com tudo o que vem de fora, bisbilhotando nas janelas e nas conversas de rua sobre a carestia e a falta "de quase tudo" naquela pobre aldeia em que até os cães se recusam a comer a carne gordurosa que mal chega para o sustento das pessoas.

Na lógica do relato, o mistério dos cargueiros, sem deixar de ser um signo de estranhamento, tem menos importância que a profusão dos motivos livres com que Veiga desvenda para o leitor o alvoroço que toma conta de Manarairema diante daqueles homens esquivos, que aparecem de repente para se instalar numa faixa de terra ali "do outro lado do Rio", uma gente estranha que acendia fogueiras, carregava volumes, armava barracas, cercados de cachorros, em constante azáfama a que a cidade assistia de longe, olhando dia e noite pelas janelas, perguntando nas ruas, indagando nas vendas, até que por fim se dão os primeiros contatos da convivência entre o mistério e realidade.

Mistério por mistério, o "fantástico" terminaria aí, mas a originalidade do livro, como o leitor verá, resultará da combinação bem articulada entre os sintomas do estranhamento e a carnavalização de seus efeitos, claramente incompatíveis com a índole primitiva dos fatores que a alegorizam. Daí o descompasso entre linguagem e verossimilhança, entre ação e personagens, entre espaço e figuração alegórica, para ficarmos só nos aspectos mais aparentes de sua escrita.

No primeiro caso, convém assinalar que é através da oralidade quase sertaneja das personagens do livro, vincadas na terra e na vida do interior longínquo, que *A hora dos ruminantes* traz para a boca de cena — ao lado da linguagem convencional das autoridades (um dr. Nelório, um padre Prudente) — a riqueza sempre ambígua da fala do matuto, pensativo e engenhoso, desconfiado e impenetrável, capaz de rir para esconder o medo, mas sempre disposto a definir as coisas ao seu próprio modo.

É atentar para as bravatas de Manuel Florêncio, para as reações do negro Geminiano e mesmo para os desaforos de Amâncio Mendes, para perceber que é a dureza de seu meio e a singularidade de seu modo de ser que desvendam para o leitor as dimensões de uma realidade incontornável, em que a miséria e a pobreza, ao mesmo tempo que aproximam os homens aos animais de cangalha, nos revelam um universo conturbado pelo imprevisto das fantasias simultâneas, irredutíveis a qualquer um dos preceitos ortodoxos do fantástico enquanto gênero.

Por isso em Veiga o protocolo do medo em geral não faz história, quase sempre dissolvido pela extravagância do contexto em que se expande a maioria dos seres e dos falares que o exprimem, não raro convertendo os prenúncios do espanto numa espécie de aberração estouvada que, mais do que um contraponto ao estranho, parece integrar um cenário com feições de pantomima.

Isso explica que as personagens de Veiga em geral não sentem medo, apesar das advertências e dos sobressaltos. Suas respostas ao insólito e ao estranho não vão além da cisma e da curiosidade movida pelo sentimento de desconfiança, de tal modo que a singularidade do livro está no modo como o autor registra o desassossego coletivo e esquadrinha cada palmo do cotidiano pacato de Manarairema, cuja rotina é posta de cabeça para baixo. É nessa operação narrativa que o livro desvenda toda a extensão de uma realidade social e humana que escapa aos enquadramentos meramente retóricos de um recorte de época em que predominou a voga da chamada literatura fantástica.

Neste A *hora dos ruminantes*, José J. Veiga estende a ação das personagens para muito além dos limites possíveis de uma simples resposta às implicações do estranho representadas pela chegada dos misteriosos cargueiros àquela aldeia remota. Se é verdade que é a partir deles que a trama se instaura, é preciso notar que a harmonia do livro só se sustenta porque o rebuliço da aldeia põe diante dos nossos olhos um painel instantâneo de uma forma de vida primitiva que recorta por dentro a fisionomia de uma realidade esquecida que parecia exilada no tempo.

Vista em perspectiva, a vida em Manarairema, depois deles, se acelera: pessoas perguntam pelos estranhos visitantes, há gente que não dorme, que os vigia de longe, que pergunta pelas ruas, que recebe informes suspeitos, mas a verdade é que, no limite, afora uns breves e atrevidos contatos, aqueles homens, a rigor, não se constituem numa grave ameaça. No fundo, eles só se justificam na trama como signo de motivação literária que ganham importância na medida em que desencadeiam uma reação coletiva que enriquece de temas e de cores, de episódios e de descrições paralelas os bastidores de uma realidade social entorpecida pela miséria e o esquecimento.

Basta uma cena simples, colhida ao acaso, na venda do Amâncio, coalhada de ratos. Amâncio havia saído para ir ver de perto os visitantes estranhos, que já haviam afrontado o padre Prudente num encontro inesperado que tiveram na rua. Manuel Florêncio ficou cuidando da venda, quase vazia, que ele começa a varrer, quando entra um menino:

> [...] queria uma rapadura bem clara para fazer doce de cidra, só servia bem clara, era recomendação da mãe. Manuel mandou o menino escolher ele mesmo, e continuou varrendo, de vez em quando se abaixando para apanhar um coco, um rolo de fumo, um par de chinelas escorregado da pilha. Uma velhinha pretinha, encolhidinha, trêmula no falar e no estar, queria meia quarta de fumo para mascar, mas seu Amâncio fizesse a caridade de medir bem medido. Manuel larga a vassoura, torce e quebra com as mãos um palmo grande de fumo, dá à velhinha. Ela cheira, morde um pedaço para ver se serve, começa a desamarrar o lenço. Manuel segura o punho velhinho, franzino, cinzento.
> — Não precisa, minha vó. É presente.

É em cenas como esta que a diversidade do livro reaviva o cotidiano esquecido da pobreza na longínqua Manarairema. Em face delas, os protocolos do estranho preenchem quando muito o painel circunstancial das motivações secundárias, em que a aura do excepcional não raro se desvirtua enquanto preceito de origem para integrar-se a um conjunto inédito marcado pelos efeitos cômicos de um quase contrassenso. Geminiano é o único a sofrer a opressão dos estranhos forasteiros, como na cena comovente do acidente com a carroça, em que ele, abraçado por Dildélio, desfaz-se em lágrimas e se confessa liquidado.

Amâncio, ao contrário, os recebe na venda e lhes fala de igual para igual, sem deixar de mostrar valentia quando recorre à sua velha espingarda com tiros de carga dupla. Já Pedrinho Afonso, por exemplo, não tomava conhecimento daquela gente; Apolinário os considera "uns bobocas", a ponto de explodir numa sonora gargalhada depois do encontro que tivera com os forasteiros da tapera na venda do seu Amâncio. Ou seja, de motivo latente que prenunciava o estranho, a presença dos forasteiros aos poucos descamba para o terreno da burla e do farsesco quando se espalha o rumor de que eles viviam comendo junto ao fogão fumegante: eram gordos e lustrosos e comiam broto de bambu, umbigo de bananeira, queixo bichado e até orelha de pau.

Efeito paralelo é o da revelação cada vez mais detalhada do cotidiano da aldeia. O romance quase ingênuo entre Nazaré e Pedrinho, a dedicação de dona Bita, os bons princípios de seu Quinel, a coragem do menino Mandovi, a diária convivência com a terra e o gado, a pacata rotina dos costumes — como o leitor verá — é que compõem o traço forte do livro de Veiga.

Por conta do insólito (enquanto efeito decorrente da presença dos forasteiros) ficam apenas dois episódios, não sei se diga estranhos ou estrambóticos. Refiro-me ao segundo e ao terceiro capítulos, respectivamente "O dia dos bois" e "O dia dos cachorros", que fecham o livro. "Cachorros?", desabafa Geminiano, "Capetas. Capetas de quatro pés." Eram muitos, incontáveis, muito mais que dúzia e meia. "Dúzia e meia morre por dia", ele desdenha, ao se referir àquela enxurrada imensa que surgiu latindo para todos os lados, lambendo tudo, unhando portas, deixando à sua volta um cheiro de urina e pelo suado para o espanto incontrolável da aldeia.

Como no episódio dos bois que entulham as ruas e os becos, atropelando as casas e paralisando a vida da comunidade, o efeito imediato é o do contraste com o desarranjo do espaço ao ritmo da pantomima, cujo contexto — muito mais que o pavor e o estranhamento ortodoxos do gênero — nos põe diante de um novo modo de construção figurativa em que o real e o estranho como que se ajustam à descrição livre e irreverente da nossa própria realidade.

A HORA DOS RUMINANTES

A chegada

A noite chegava cedo em Manarairema. Mal o sol se afundava atrás da serra — quase que de repente, como caindo — já era hora de acender candeeiros, de recolher bezerros, de se enrolar em xales. A friagem até então contida nos remansos do rio, em fundos de grotas, em porões escuros, ia se espalhando, entrando nas casas, cachorro de nariz suado farejando.

Manarairema ao cair da noite — anúncios, prenúncios, bulícios. Trazidos pelo vento que bate pique nas esquinas, aqueles infalíveis latidos, choros de criança com dor de ouvido, com medo de escuro. Palpites de sapos em conferência, grilos afiando ferros, morcegos costurando a esmo, estendendo panos pretos, enfeitando o largo para alguma festa soturna. Manarairema vai sofrer a noite.

Os cargueiros vinham descendo a estrada, quase casados com o azul geral. Mas uns homens que estavam na ponte tentando retardar a noite perceberam o sacolejo das bruacas, o plincar dos cascos nas pedras, se interessaram. Podia ser carregamento de toucinho, mantimento escasso. Enquanto esperavam a confirmação, acenderam cigarros, otimistas. Falaram da carestia, da falta de quase tudo, lastimaram a gordura de vaca, uma porcaria que gruda nos beiços e deve grudar também na máquina do corpo lá por dentro.

— Nem cachorro gosta. O meu cheira e refuga.

— Por isso é que está havendo tanta doença de estômago, de intestino.

— Dizem que o sal também não tarda a faltar. Em Valdijurnia já não está tendo.

— Vai chegar o dia de faltar tudo.

— É o fim do mundo que vem aí.

— Que fim do mundo! Mundo lá tem fim?

— Eu cá acredito. Quem fez o mundo pode muito bem acabar com ele.

— Conversa de padre pra amedrontar. Então quem fez o mundo ia ter o trabalho de fazer para desmanchar depois? Mundo não é qualquer brinquedo de menino.

A água cochichava debaixo da ponte, fazendo redemunho nos esteios, borbulhando, espumando. Um arzinho frio subia em ondas, trazendo cheiro de areia e folhas molhadas. Sapos e grilos competindo, donos da noite. Mais cigarros foram fumados, os tocos jogados na água, desapontamento para os peixes. De repente, alguém se lembrou:

— E os cargueiros?

— É. Não passaram.

— Teriam voltado?

— Voltado pra onde? Não ata.

— Só se não eram cargueiros...

Tentativa ingênua de descartar o problema. Então todos ali não tinham visto — ou pelo menos entrevisto-os — animais trocando pernas ao peso da carga, os cavaleiros atrás estalando chicotes?

— Como é que não eram? Eu até contei mais ou menos. Uns oito ou dez.

— Eu contei dez, me atrapalhei. Capaz de ser mais.

Dez cargueiros sumindo na estrada certa, sem desvio? Era preciso uma explicação, o assunto não podia ficar no ar.

— Sabem o que é que eu penso? Era vontade demais de ver cargueiro com toucinho. Quando a gente quer muito ver uma coisa, acaba vendo em pensamento.

— E nós todos não vimos? E não contamos? Eu nem estava pensando em toucinho.

— Também pode ser animais soltos pastando por aí. Saíram do mato, entraram no mato.

A explicação era fraca mas passou. Para refutá-la era preciso arranjar outra; os cargueiros não podiam ficar suspensos no ar, enrolados em nuvens.

— É. Pode ser que seja isso. Eu não estou enxergando bem assim de longe, e muito menos no escuro.

— Agora que vocês estão falando, eu disse que tinha visto porque não quis contrariar. O que eu vi mesmo foi uns vultos embalados, não posso dizer que eram cargueiros. No escuro toda corda é cobra, todo padre é frade, como diz o ditado.

Mas problema enterrado é problema plantado, se diz. Da cidade outras pessoas também notaram os cargueiros. Cortando as conversas nas calçadas, nas esquinas, elas saíram no rumo da ponte, contando cercar os homens e indagar onde iam vender a carga. No dia seguinte madrugariam cedo e beberiam da água limpa. No caminho encontraram os que voltavam da ponte.

— E os cargueiros? Viram aqueles cargueiros?

— Era não.

— Morde aqui. Nós também vimos lá do largo. Foram pra onde?

— Sei lá pra onde foram.

— Não indagou?
— Eu não. Quero lá saber de telhas?
— Era só telhas?
— Telhas. Adobes. Vasilhame de barro.
— Ah, não era toucinho?
— Por enquanto não.

Os outros fingiram acreditar, desconfiados. Com certeza o toucinho era pouco, ia ser vendido às bandas a quem oferecesse melhor preço, por isso aqueles estavam escondendo. O golpe era não mostrar muito interesse, levantar mais cedo amanhã e sair por aí farejando. Esperteza se vence com esperteza.

No dia seguinte a cidade amanheceu ainda sem toucinho, mas com uma novidade: um grande acampamento fumegando e pulsando do outro lado do rio, coisa repentina, de se esfregar os olhos. As pessoas acordavam, chegavam à janela para olhar o tempo antes de lavar o rosto e davam com a cena nova. Uns chamavam outros, mostravam, indagavam, ninguém sabia. Em todas as casas era gente se vestindo às pressas, embaraçando a mão em mangas de paletó, saindo sem tomar café, pisando em cachorros lerdos, cachorros ganindo, gente xingando, gente dando peitada em gente, derrubando chapéu, a algazarra, a correria. Todos deviam ter visto ao mesmo tempo, a parte alta do largo, as janelas dos sobrados, os barrancos estavam tomados de gente olhando, apontando, discutindo.

Seriam ciganos? Não estava parecendo. Cigano arma barraca espalhado e pendura panos por toda parte, em desordem; e aqueles lá acamparam em linha, duas fileiras certas, medidas, deixando uma espécie de largo no meio. Também cigano não usa ter cachorros, e aqueles tinham, de longe se viam os bichos bodejando no capim, dando pulos e bocadas no ar, se perseguindo entre as barracas, espanando o ar com o rabo, alegres da vida, enquanto os homens andavam ativos carregando volumes, abrindo volumes, se consultando, sem tomar conhecimento da cidade ali perto. Seriam engenheiros? Mineradores? Gente do governo?

— Vamos lá ver, conversar, tirar a limpo — propôs alguém. Outros pensaram, discordaram.

— Convém não. Se eles são soberbos, nós também devemos ser. Vamos se oferecer não.

— Pode ser que eles estejam querendo se assentar primeiro, amansar o chão; depois aparecem, se apresentam.

— É. Vamos esperar. Convém ir correndo pra lá não.

Manarairema esperou impaciente. Quem tinha janela com vista para o acampamento não arredava de perto, quando saía era só o tempo de correr ao fogão, tomar um gole de café no bico mesmo da cafeteira e voltar correndo para o posto. Ninguém almoçou direito, receando perder grandes acontecimentos enquanto estivesse à mesa, quem comeu alguma coisa foi em pé diante da janela, geralmente um simples pedaço de linguiça ou de carne espetado num garfo e passado ligeiramente na farinha, os olhos sempre no acampamento.

— Estão fincando um mastro. Pra que será?

— Dois deles estão aloitando no capim. Será que é briga?

— Estão brincando de jogar água uns nos outros.

— Agora é que eles vão almoçar. Estão formando fila com prato na mão.

De tardinha o povo já estava com medo que o dia passasse sem mais novidade. Nas rodas de conversa, formadas aqui e ali, quando ouviam passos de cavalo ou de gente andando mais depressa, as pessoas paravam de falar e ficavam atentas aos possíveis emissários. Os comerciantes ficaram de lojas abertas até mais tarde, mais por uma questão de cortesia com os estranhos, caso eles precisassem de alguma coisa — e também pelo bom nome de Manarairema; imagine-se o que os homens não iriam dizer se não pudessem comprar um maço de velas, uma garrafa de querosene. Sentados de banda no balcão, ou numa cadeira empinada contra a parede, os comerciantes esperaram até tarde.

Manarairema foi dormir pensando nos vizinhos esquivos e fazendo planos para tratar com eles quando chegasse a ocasião. Quem se levantou no meio da noite e arriscou mais um olhar na direção dos pastos do outro lado do rio viu o acampamento ainda de fogos acesos e vultos trançando em volta.

O primeiro contato foi feito por padre Prudente, de volta de uma viagem eucarística. O padre e o ajudante vinham descendo a estrada pelo meio da manhã, as mulas de cabeça baixa para resguardar os olhos do sol, que vinha de frente. Já de vista da ponte encontraram dois homens com um surrão de água pendurado de um pau, cada um com uma ponta ao ombro, o surrão no meio, água escorrendo pelas costuras. Pelo hábito de ser tratado com deferência na estrada, padre Prudente virou-se para eles esperando o cumprimento, e eles nem tocaram no chapéu — o que podiam ter feito sem dificuldade porque não iam com as duas mãos ocupadas. O padre então cumprimentou, não para ensinar, mas para não passar por orgulhoso. Eles responderam? Fizeram como se não tivessem ouvido. O ajudante do padre, que vinha mais atrás e viu bem o desrespeito, cumprimentou alto, provocando. Os homens nem olharam, e como ensaiados começaram a assoviar uma toada muito sem graça, vai ver que inventada por eles mesmos. O ajudante alcançou o padre e comentou:

— Viu essa, monsenhor?

— É, Balduíno. Esses parece que não gostaram de nós — disse o padre, conformado.

Contando o caso depois, Balduíno diz que olhou para trás justamente quando um dos homens fazia um gesto feio na direção deles, com a mão direita erguida acima da cabeça.

— O que me segurou de dar uma lição naqueles cornicocos foi eu saber que monsenhor não gosta de valentias.

Se aqueles homens eram como Balduíno estava contando, empanturrados e atrevidos, Manarairema ainda ia ter muita dor de cabeça com eles. Ainda bem que ninguém tinha ido se oferecer, para não voltar de rabo entre as pernas. E havia de ser muito engraçado se o dono do pasto onde eles estavam chegasse de veneta da fazenda e desse ordem de levantarem acampamento a toque de caixa. Porque seu Júlio Barbosa era homem para isso. Pessoa correta estava ali, mas com ele ninguém brincava. Seu Júlio era desses que quando saem à rua limpam a cara de qualquer sorriso para desanimar brincadeiras, e quando dão bom-dia a alguém é como quem manda, e a pessoa passa o resto do dia preocupada, com medo de desobedecer. Ele era bem capaz de entrar no acampamento, chamar o chefe lá deles, cumprimentar corretamente, e antes mesmo de ouvir a resposta dar a ordem de mudança, virar as costas e ir embora sem mais conversa. Isso era o que a cidade já estava desejando.

— E se os homens não saírem?

A dúvida era de Balduíno, já com alguma experiência; mas ninguém quis se demorar nela, nada igual tinha acontecido antes, e se acontecesse agora Júlio Barbosa saberia o que fazer.

— Eles saem. Não tem barriga-me-dói.

Com essa fria certeza, e com a pouca disposição que os homens mostravam de se chegar, o povo voltou a suas atividades, fazendo de conta que não havia gente estranha ali a dois passos de suas casas. À noite, quando iam fechar as janelas para dormir e davam com os olhos no clarão do acampamento, as pessoas procuravam se convencer de que não estavam vendo nada e evocavam aquele trecho de pasto como ele era antes, uma clareira azulada na vasta extensão da noite rural. A vizinhança incômoda, os perigos que pudessem vir dela eram eliminados por abstração. Mais tarde podia haver sonhos com os homens figurando como inimigos, mas eram apenas sonhos, vigorantes somente na escuridão dos quartos, solúveis na claridade do dia.

Mas acampados tão perto, e fazendo grandes obras nos terrenos da velha chácara de Júlio Barbosa, era natural que os homens de vez em quando esbarrassem com alguém da cidade. Isso aconteceu com Geminiano Dias, proprietário de uma carroça de aluguel. Geminiano estava carreando estrume para horta, numa das viagens foi interpelado na cerca do pasto por um homem alto, queixudo, de cabelo cortado à escovinha:

— Negociar a carroça, caboclo?

Geminiano não gostou dos modos, e para mostrar que não tinha gostado continuou viagem, sem parar nem olhar. O homem avançou para o lanço seguinte da cerca, insistiu:

— Negociar a carroça? Pago bem.

— Nhor não — respondeu Geminiano por muito favor.

O homem não desistia. Avançou mais um lanço, falou mandando:

— Pare um pouco. Pode parar não?

— Posso não. Se pudesse, eu ficava parado em casa.

O homem mergulhou rápido por baixo da cerca, deu uma carreirinha e cortou a frente da carroça.

— Um momento, rapaz — disse. — Quando um burro fala, o outro para para escutar.

— Não entendo conversa de burro — disse Geminiano. — Com burro eu falo é com isto aqui. — E mostrou o chicote erguido.

Nessa altura o burro já tinha parado espontaneamente. O homem alisou o focinho dele, pensando. Resolveu não pegar o peão. Quem está em posição mais alta, e armado de chicote, leva vantagem. Negociou:

— Burro é modo de falar. É um ditado da minha terra.

— Daqui também.
— Não vende mesmo a carroça?
— Vendo não.
— Então aluga?
— Alugar alugo. É o meu ofício.

O homem animou-se e segurou uma banda da rédea, dando a impressão de querer tomar conta da carroça imediatamente.

— Convém se afastar. O burro é espantado — avisou Geminiano.

— É espantado? Então não serve. Alugo só a carroça.

— E quem é que vai puxar a carroça?

— Temos animais aí. Bons animais.

— Ah, mas eu não trabalho com outro animal. De mais a mais, tenho aí o Serrote, não preciso de outro.

— O senhor não entendeu. Eu só quero a carroça. Não preciso de burro nem de carroceiro.

— Quem não entendeu foi o senhor. Quando eu alugo a carroça, alugo só o serviço. Quem manobra ela sou eu mesmo. Com o meu burro.

— É, mas eu só quero a carroça. O senhor desce e leva o burro puxado. O esterco o senhor despeja aí num canto — disse o homem, já levando a mão ao arreiame para desatrelar.

— Ora, vá caçar coberta — disse Geminiano, e chicoteou o burro com raiva, deixando o homem apatetado na beira da estrada.

A história espalhou-se depressa, e Geminiano recebeu elogios gerais por ter sabido pôr o homem em seu lugar. Então aquilo era maneira de tratar negócio, falando de cima, e metendo a mão, e dando ordem, como se eles fossem donos de tudo? Mas quando a notícia chegou na venda de Amâncio Mendes, houve discordância. Falando gritado, como era seu costume, Amâncio roncou para ser ouvido até na rua:

— Esse tição é muito é besta. Só porque arranjou uma carroça, pensa que virou gente. Haverá de ser comigo.

Por acaso seu Justino Moreira estava na venda, e como comprador do esterco achou que devia defender Geminiano.

— Mas, se ele tinha serviço começado, não podia parar no meio.

Amâncio caiu em si. Não tencionava desfeitear Justino, homem tão correto, amigo. O mal de se falar por falar, quando não há necessidade de abrir a boca. Que tinha ele de abrir fogo contra Geminiano, e logo a favor daqueles homens? Agora era tarde, o dito estava dito, ficava feio recuar na vista de tanta gente.

— É, mas ele errou. Não tinha nada de maltratar o homem. Fosse comigo, ele descia da carroça. Não aceito proeza de preto.

Tendo dado a sua opinião, e na frente de todos, Justino achou que a sua obrigação estava cumprida. Insistir seria puxar briga sem necessidade. Amâncio podia brigar como quem espirra, não tinha responsabilidade de família, brigava para sustentar a fama de valente, às vezes até sem vontade nenhuma; tanto que, ultimamente, quando achava que estava chegando tempo de avivar a fama, se retirava para o quartinho do fundo da venda, bebia umas boas lambadas de pinga e saía escorvado, pronto para estourar com o primeiro que falasse com ele; não respeitava ninguém, qualquer pessoa servia, o objetivo era travar uma briga bem barulhenta, para ser ouvida e comentada.

Geminiano era um preto risonho, manso por fora mas espinhento por dentro. Quando alguém lhe dizia alguma coisa que não caía bem, ele parava o riso no meio e virava o avesso do pano. As crianças gostavam dele por causa dos passeios de carroça que ele concedia e das rapadurinhas de açúcar que distribuía, alvinhas, lisinhas como tábuas cepilhadas, tão perfeitas que dava pena quebrá-las para comer; mas os pais dos meninos o respeitavam por sua mania de querer tudo muito claro e explicado. Para ele negócio combinado era como promessa devida a santo, tinha de ser cumprido custasse o que custasse, não valiam queixas de través, palavras jogadas no ar para tirar o corpo de uma combinação que não estivesse interessando mais. A própria mulher de Geminiano às vezes se queixava, dizia que ele estava se prejudicando por querer levar tudo a canto de esquadro, quando outros não faziam assim. Ele explicava:

— Eu sou preto, tenho de ter o meu muro muito branco. Não posso relaxar. Se eu deixar cada um ir rabiscando o que quiser, onde é que vamos parar?

Como era de se esperar, a bravata de Amâncio Mendes acabou alcançando os ouvidos de Geminiano. Quando soube, Geminiano passou o resto do dia e quase toda a noite pensando no que devia fazer para manter o muro limpo. Ele e Amâncio vinham se dando bem mas sem muito agarramento. Não havia muita intimidade entre eles, da parte de Amâncio por certa restrição a pretos, da de Geminiano por desaprovação às maneiras estouvadas de Amâncio. Compreendendo que qualquer atrito teria consequências sérias, eles se poupavam, se limitavam ao estritamente necessário à vida num lugar pequeno. Agora Amâncio saía-se com aquela provocação estabanada, e pelas costas de Geminiano. Um problema para Geminiano.

Por que a provocação sem motivo? Será que Amâncio estava de combinação com os homens? Se estava trabalhando por encomenda, devia estar preparado para o troco. Pois não haveria troco enquanto Amâncio não o provocasse de frente. Geminiano tinha uma garrucha em casa, ia passá-la da gaveta para a cintura e, no mais, continuar inocente. Ia fazer de conta que não tinha ouvido nada e até continuar comprando na venda de Amâncio, por mais que custasse falar naturalmente com ele. Se tivessem de brigar, seria uma briga limpa — mas quem tinha de começar era Amâncio.

Amâncio ficou sozinho na defesa dos homens do acampamento; todos mais acharam que, sendo Geminiano o dono da carroça, era ele quem devia dispor dela. Então só porque uma pessoa tem dinheiro, ou arrota que tem, sai esfregando notas no nariz dos outros e tomando posse do que tem dono? Nessa marcha, amanhã um de nós está sossegado em sua casa, descansando na rede, entra um estranho porta adentro e sem dar bom-dia vai dizendo sua casa me agradou, vou ficar com ela, está aqui o dinheiro, trate de ir retirando os seus badulaques, ou então deixe aí que eu pago também e mando jogar fora. Geminiano estava muito certo, e podia contar com o apoio de todos se os homens quisessem tirar vingança. Ninguém devia se preocupar com Amâncio, o prazer dele era contrariar todo mundo para ver se arranjava uma briga. Se todos estivessem censurando Geminiano, era quase certo que Amâncio estaria do lado dele. Quem é que aguenta um homem assim? Não era à toa que ele vivia sozinho no mundo, separado dos parentes, sem família e vai ver que até sem amigos: aquelas poucas pessoas que ainda se incomodavam com ele e iam procurá-lo pelas bibocas da beira do rio, pelos capinzais dos arrabaldes, onde ele caísse depois de uma bebedeira, procediam mais por pena do que por amizade. Amizade é uma estrada de ida e vinda, e com Amâncio não tinha vinda; quem desse a mão a ele para erguê-lo do chão ainda corria o risco de receber desfeita. O que salvava Amâncio era o bom coração, mas mesmo esse só se mostrava depois de um vexame grande, e quando a lembrança dele ainda estava viva; aí ele passava de demo a dama, não sabia o que fazer para agradar, dava presentes a torto e a direito, forçava as pessoas a comprarem fiado, perdoava dívidas, zangava-se com quem não aceitasse o perdão, tanto agrado até enjoava. Por isso era difícil aceitar briga com Amâncio. Dr. Nelório de Moura, por exemplo, que chegara a Manarairema com duas mortes nas costas, questão de família, e que não vivia mostrando os dentes, foi expulso da venda aos gritos por causa de uma reclamação a respeito de um saco de feijão bichado que Amâncio lhe teria vendido. Dr. Nelório não reagiu nem deixou de falar com Amâncio, e um dia disse na farmácia que Amâncio Mendes era uma cruz que Manarairema tinha de carregar com paciência.

Mas com Geminiano podia ser diferente. Ele não tinha a posição nem o sossego de dr. Nelório, que não precisava mais mostrar quem era para ser respeitado, por isso podia passar por cima de certas coisas sem se desmoralizar. Para Geminiano tudo custava mais caro. Por isso todo mundo receava um desfecho sem graça para o insulto de Amâncio.

Padre Prudente mandou chamar Geminiano pretextando necessitar do carreto de umas telhas, rodeou, apalpou, entrou no assunto:

— Quase ficamos sem a sua carroça... Eu soube.

Geminiano não entendeu logo, de repente entendeu. Espiga de milho se abrindo em brancura de dentes, a explicação:

— Teve perigo não. Eu expliquei pra ele como é o nosso costume aqui.

Ainda bem que era apenas uma diferença de costumes.

— Então não houve discussão?

— Não dei tempo. Quando me aborreci choutei o burro e vim embora.

— Fez bem, Geminiano. Quando um não quer, dois não brigam.

Agora o outro assunto. Padre Prudente pensou, assoviando entredentes. Quando já tinha o caminho traçado, falou, repetindo:

— Fez muito bem. Manteve a sua norma e evitou briga.

Geminiano entendeu o apoio e mostrou que tinha entendido:

— Mas outros não acham.

— E o que é que tem? É uma andorinha sozinha.

— Eu sei, padre. Mas fiquei muito aborrecido. Aliás ainda estou.

Padre Prudente voltou a assoviar baixinho. Não queria falar sem pensar, dar um conselho formal para ficar livre da obrigação. Finalmente falou:

— De duas uma, seu Geminiano. Ou ele falou por falar, pelo costume de se mostrar, ou foi para ofender. Se foi sem querer, não houve ofensa. Agora, se foi de caso pensado, ele deve estar doido que o senhor retruque. Se o senhor retrucar, está fazendo a vontade dele. Se ele precisa brigar para viver, que vá brigar com as pedras, bater a cara na porta. Um homem como o senhor só deve brigar para defender a casa, a família, a integridade física. Se um dia ele tocar no senhor, o senhor tem todo o direito de reagir.

Geminiano ficou olhando longe, pensando. Padre Prudente soprava um assovio discreto, respeitoso.

— E se ele continuar falando? — objetou Geminiano.

— Sim. O que é que tem?

— Eu acabo desmoralizado se não tomar providência.

— Acaba não. Ninguém desmoraliza ninguém. Quando a conversa de um desmoraliza outro, é porque o outro já estava desmoralizado. O que vale não é o que um diz, é o que o resto vê. O senhor sai por aí disfarçado de forasteiro e pergunta de porta em porta que qualidade de pessoa é um Geminiano Dias, depois me diz qual foi o resultado.

Geminiano riu desapontado, satisfeito. Padre Prudente sabia aproveitar as palavras. A fala de cada um devia ser dada em metros quando ele nasce. Assim quem falasse à toa ia desperdiçando metragem, um belo dia abria a boca e só saía vento.

De repente Geminiano sentiu a garrucha debaixo da camisa — grande e pesada como um machado, inútil, incomodando. Padre Prudente viu o desjeito e sorriu leve. Não ia dizer nada,

mas também não ia disfarçar, Geminiano precisava passar por aquele acanhamento, era parte da lição. Finalmente o socorro:
— Quando é que o senhor pode trazer minhas telhas?
— Na semana que vem, se o senhor não tiver pressa.

A combinação de fingir desinteresse pelos homens enquanto eles não se chegassem parece que foi tomada precipitadamente, sem levar em conta a curiosidade do povo em geral. Logo nos primeiros dias certas pessoas independentes passaram a fazer ponto na cerca do pasto, na esperança de estabelecer contato, de apurar qualquer coisa. Ficavam ali horas ao sol, aguentando calor e mosquito, de olhos no acampamento, e os homens lá, indiferentes, trabalhando ou descansando. Como essas pessoas não tinham muito o que contar na volta, inventavam conversas com os estranhos, outras se interessavam e iam também dar uma olhada. Muitas levavam merenda de doces, biscoitos, palhas de farofa, comiam sem prestar atenção porque o sentido estava no acampamento, derrubavam migalhas por toda parte, formigas se juntando, gente sapateando, dando tapas nas pernas.

Mesmo não prestando atenção aos curiosos, parece que os homens se aborreceram com aquele ajuntamento sistemático e deram para estender roupa numa corda esticada diante da cerca, justamente no ponto mais devassado. Algumas pessoas ainda tentaram subir nos fios da cerca, mas os grampos espirravam com o peso, o arame escorregava para baixo antes que elas tivessem tempo de ver qualquer coisa. Não vendo vantagem em ficar plantado diante de um tapume de panos (parece que os homens nunca recolhiam aquelas roupas), o povo conformou-se em continuar olhando o acampamento de longe. Quem passava a cavalo na estrada, erguendo-se nos estribos, conseguia uns lampejos da vida lá do outro lado — cenas de trabalho, de recreio, de descanso, atos isolados que nada significavam para quem não podia juntá-los nem sabia o desígnio que os comandava.

À noite a fogueira e os lampiões do acampamento queimavam até tarde, da cidade via-se o clarão entre as folhagens, e quando o vento era favorável chegava-se a ouvir vozes e risos e ondulações esgarçadas de música; mas o povo não prestava maior atenção, aquilo já fazia parte do cenário natural da noite, não chegava a perturbar o sossego.

Manarairema já não se preocupava tanto com os homens, e quando alguém falava neles era como quem se refere a realidades familiares — o calor, doenças, a carestia — o acostumado, o absorvido. Mesmo Amâncio Mendes, antes tão pronto a gritar em defesa deles, agora parecia desinteressado. Para todos os efeitos era como se a tapera de Júlio Barbosa continuasse abandonada — ou como se aqueles homens sempre tivessem vivido lá; tanto que, quando Geminiano informou que estava carreando areia para a tapera — e não disse para noticiar novidade, falou apenas para justificar a impossibilidade de aceitar outro serviço no momento — ninguém arregalou os olhos, ninguém estranhou, ninguém duvidou. Transportar lenha, gêneros, material de construção, tudo que coubesse na carroça, até porco em pé, era o ofício de Geminiano. Aquela carroça era um utensílio público, servia a todos que tivessem paciência de esperar a vez. Quando o desempenho de um serviço mais bruto obrigava Geminiano a parar uns dias para conserto, todo mundo se interessava, queria saber se o estrago era grande, quanto tempo ia demorar parado, se Geminiano estava prevenido para a despesa (nisso indo um pouco de esperteza porque, se ele aceitasse dinheiro emprestado ou adiantado, o emprestador julgava-se no direito de passar na frente de outros), muitos iam ver a carroça parada e opinar sobre a maneira mais rápida de reparar o estrago. A carroça quebrada era como uma pessoa doente.

Agora Geminiano estava trabalhando para os homens da tapera. Com certeza eles esperaram a vez, Geminiano não era de proteger ninguém, muito menos aquela gente. Mas por que estava demorando tanto? Os clientes começaram a se impacientar.

— Que tanta areia você carrega, Gemi? Quando é que acaba?
— Os homens lá é que sabem. Eles esperaram a vez.
— Falta muito?
— Não tenho ideia.

Um mês já naquele serviço, duas, três viagens por dia conforme o correr, e ele ainda não sabia quando ia parar. Na praia das lavadeiras já havia um buraco enorme, por ele se podia calcular quanta areia estava amontoada na tapera.

— Para que eles precisam de tanta areia?
— Obras. Para que mais podia ser? Estão fazendo grandes obras.

A curiosidade voltou de baque. Era preciso saber que obras, e para quê, e só Geminiano poderia informar. Cada vez que ele passava a ponte voltando da tapera um bando o cercava, mais gente ia aderindo pelo caminho, ao entrar no largo já arrastava uma multidão, ou era empurrado por ela, todos falando ao mesmo tempo, nem bem ele respondia uma pergunta outras eram feitas aos gritos, os mais atirados subiam na carroça e puxavam a roupa de Geminiano exigindo atenção, uns o pegavam pelo queixo, outros iam ao lado emparelhados com ele sacudindo-o pela manga, pela barra da calça, os nanicos dando pulos para captar o que ele dizia, de vez em quando um se distraía e tinha o pé mordido pela roda da carroça, afastava-se pulando com o pé no ar, desistia de acompanhar e ficava olhando o rolo se distanciar.

Da confusão de muitas perguntas e poucas respostas, deduzia-se que os homens estavam fazendo restaurações, puxados, melhoramentos diversos, mas o que era precisamente ninguém ficava sabendo, Geminiano só dizia que estavam derrubando paredes, levantando paredes, entelhando, rebocando, pintando.

— Então eles vão ficar aí para sempre?
— Desconfio.
— E eles vivem de quê? Comem o quê?
— Mantimento não falta. Toda noite chega carga lá por cima.

Sendo assim os homens não viriam mesmo à cidade. Para que, se tinham de tudo na tapera? Acabavam-se os sonhos de vingança para quando eles chegassem mansinhos procurando mantimentos.

Uma noite, na venda, sem que ninguém esperasse — o assunto até era ainda a falta de toucinho —, Amâncio alvoroçou todo mundo ao dizer que no dia seguinte ia fazer uma visita à tapera.

— Vai fazer o quê?
— Vou ver o que é que aqueles pebas estão urdindo.
— Vai chamado ou o quê?
— Sou lá cachorro para atender chamado? Vou por minha conta. Resolvi, vou.
— Ih, veja lá, Amâncio.
— O que é que tem? Eles não são bicho, nem eu sou carrapicho.

Até que era uma boa ideia alguém ir lá de peito aberto, olhar, conversar, tirar tudo a limpo. Por que não tinham pensado nisso antes? Afinal de contas os homens estavam em terras de Manarairema, sujeitos portanto às posturas do município, tinham de dar satisfação do que faziam. Mas, sendo Amâncio o a ir, o resultado podia sair estragado. Indicado para isso era dr. Nelório, esse podia ir, conversar e voltar esclarecido, ninguém teria coragem de responder atravessado a ele, e se alguém respondesse assim, logo se arrependeria. Outro que saberia dar boa conta de uma missão dessa era Marianito do cartório, com seu jeito de imiscuir por dentro das pessoas, sempre sorrindo e pegando o outro pelo braço para dizer as coisas perto do ouvido, como se fossem segredos muito altos, jeito aprendido no seminário. Amâncio era o menos capacitado, dada a sua mania de querer levar tudo em ponta de faca, de se ofender com qualquer reparo. Não tendo prática no manejo de palavras, se embaraçava nas menores dificuldades e só achava saída no recurso à valentia. Era dos que entram numa briga para apaziguar e acabam brigando com os brigões.

— Não era bom ir mais de um?

Quem falou foi o carpinteiro Manuel Florêncio, homem medido, com prática de aplainar, de desbastar. Mas a resposta foi curta, cortante:

— Não vejo por quê. Não nasci com rabo.

Manuel Florêncio encolheu-se por fora e por dentro. Não tinha sorte com Amâncio, dele só recebia safanões. Mas quando Amâncio amanhecia caído em alguma grota, machucado e enlameado depois de uma noite de cachaçada e desatino, quem ia buscá-lo as mais das vezes era Manuel Florêncio, de cada vez jurando que seria a última.

— E se eles não gostarem da visita? — perguntou Justino Moreira.

A pergunta ficou no ar. Amâncio estava medindo uma quarta de fumo para um roceiro, mediu, fez o corte uns dois dedos à frente para beneficiar o freguês, guardou o metro debaixo do balcão.

— O que mais, meu amo?

O freguês pediu mais umas miudezas, pólvora, chumbo, espoleta; aceitou um mata-bicho de bonificação, pagou, saiu. Amâncio fechou o parêntese, respondeu:

— Se não gostarem, que tomem bicarbonato depois. Enquanto eu estiver lá eles têm de me engolir.

O certo agora era não insistir. Quanto mais tentassem demovê-lo, mais encasquetado ele ficava. A única esperança era que ele mesmo mudasse de ideia, ou esquecesse o assunto no sono, como acontecera em outras ocasiões. De mais a mais, ninguém ali era tutor de Amâncio, se ele queria mesmo caçar sarna, que se coçasse sozinho depois.

No dia seguinte cedo, vestido de branco, de chapéu branco já meio amarelado e batina de couro cru, Amâncio passou em casa de Manuel Florêncio no largo. Queria que Manuel pusesse os olhos na venda de vez em quando e disse que não ia demorar. Olhando Amâncio discretamente e não notando sinal de arma debaixo da roupa, Manuel ficou descansado. O caso ficava dependendo dos homens, do trato que eles dessem a Amâncio.

— Já tomou café? Tome café primeiro. Ainda está quente.

— Carece não. Comi uma talhada de queijo e tomei umas coisas por cima. Vou andando para aproveitar a fresca.

Manuel Florêncio ia aparelhar umas tábuas de porta, não conseguiu começar. Aquela ideia de Amâncio não estava condizendo. Vamos que os homens não gostassem e o recebessem com quatro pedras: quem é que ia ter mais sossego na cidade por muitos dias? Isso de mexer com quem está quieto pode chamar tempestade. A menos que Amâncio estivesse só fazendo fita. Se ele voltasse dizendo que tinha entrado na tapera, conversado e arrotado, feito e acontecido, trançado e chacoalhado, convinha não mostrar descrença: porque aí ele podia se ver na obrigação de ir mesmo e fazer tudo o que havia inventado; a coragem falseada na primeira vez tinha de ser arranjada de qualquer maneira na segunda.

Manuel Florêncio chegou na porta, olhou para o cartório em frente, lá na rua de cima. Muita gente nas janelas, outros do lado de fora, olhando, gesticulando. De lá se via a estrada depois da ponte, os pastos, a tapera meio escondida entre árvores. Manuel largou o serviço e subiu o largo, chegou ao cartório quando Amâncio dobrava a quina da cerca.

— Ele vai mesmo. Aquele tira leite em onça.

— E vai entrar pela frente, o danado.

— É agora. Se voltar logo é porque foi escorraçado.

O chapéu branco de Amâncio desapareceu atrás do capim alto da beira da cerca, reapareceu mais adiante, tornou a sumir.

— Eu não disse que ele ia? Amâncio tem partes.

Agora tudo podia acontecer. Uns achavam que não ia haver nada, os homens recebiam Amâncio na porta, conversavam por alto e despachavam; ele voltaria dizendo que estivera lá e conversara (não estaria mentindo) e o resto seria inventado no caminho de volta. Já outros diziam que Amâncio não era homem para ser despachado da porta de ninguém, mormente quando chegava vestido de cerimônia. Para sossegar os apreensivos, Manuel Florêncio informou que estivera com Amâncio na hora da saída e que não vira nele volume de arma.

— Não obsta. Ele pode voltar e apanhar a carabina. Ainda ontem andou engraxando ela.

Ouvindo isso, Manuel marcou a intenção de consumir com a carabina antes que Amâncio voltasse.

Nisso Geminiano apareceu lá embaixo com a primeira carroça de areia. Os que estavam no cartório despencaram para ele saltando buracos, o rego, as aparas de lata despejadas da oficina de João José.

— Ele foi. Amâncio foi. Está lá — gritavam sem fôlego.

— Foi aonde? — perguntou Geminiano meio assustado com a zoeira.

— Foi conversar com os homens. Já está lá.

— Conversar? Não vai ter com quem. O tempo lá é curto.

— Está lá conversando.

— Só eu vendo.

— Pois é. Veja se bispa alguma coisa.

Geminiano não deu resposta, apenas fez um ruído chiado com os lábios, o que as pessoas interpretaram como sinal de desdém pela incumbência, mas o Serrote entendeu como ordem para ir andando.

Olhando a carroça a se distanciar, as rodas ferradas mordendo o chão, alta de areia, a pá cravada em cima para o trabalho de descarga, muita gente teve inveja daquela geringonça bamboleante, que em pouco tempo estaria entrando num território nebuloso, que eles só conheciam de longe.

Manuel Florêncio voltou à oficina, mexeu nas tábuas, não conseguiu engrenar serviço. Lembrou-se do pedido de Amâncio, agarrou-se à desculpa. Como poderia ele trabalhar e ao mesmo tempo vigiar a venda?

A porta da venda estava apenas encostada, deixando uma fresta que o vento do beco reduzia e alargava, rangendo as dobradiças. Manuel empurrou-a, entrou piscando para acostumar a vista à penumbra, raspou a cabeça num cacho de bananas pendurado de um caibro. Um rato chiou no escuro e desapareceu num amontoado de enxadas. Se Amâncio não tomasse vergonha e armasse umas ratoeiras, ainda ia ter de pedir licença aos ratos para lidar na venda. Nunca se viu pessoa mais desmazelada. Dormindo ali mesmo nos fundos, entre sacos e caixotes de mantimentos, como é que tinha coragem de deixar a rataria andar livre por toda a parte?

Manuel Florêncio escancarou a porta, calçou-a com um machado apanhado do monte, abriu as janelas. O ar novo entrou ligeiro balançando baldes, cafeteiras, réstias de cebola, rédeas e cordas de sedenho, uns dois arreios. O chão precisava de vassoura, o balcão precisava de uma limpeza com pano molhado para tirar aquelas argolas de fundo de copo de cachaça, os derramados de açúcar, a gordura salgada dos pesos de carne-seca, os farelos de rapadura e farinha. Manuel apanhou vassoura e água, borrifou o chão para não levantar poeira e começou a limpeza.

A freguesia foi aparecendo esparsa, pingando. Um menino queria uma rapadura bem clara para fazer doce de cidra, só servia bem clara, era recomendação da mãe. Manuel mandou o menino escolher ele mesmo, e continuou varrendo, de vez em quando se abaixando para apanhar um coco, um rolo de fumo, um par de chinelas escorregado da pilha. Uma velhinha pretinha, encolhidinha, trêmula no falar e no estar, queria meia quarta de fumo para mascar, mas seu Amâncio fizesse a caridade de medir bem medido. Manuel larga a vassoura, torce e quebra com as mãos um palmo grande de fumo, dá à velhinha. Ela cheira, morde um pedaço para ver se serve, começa a desamarrar o lenço. Manuel segura o punho velhinho, franzino, cinzento.

— Não precisa, minha vó. É presente.

Ela ajunta fumo, lenço e dinheiro depressa, tremendo.

— Nosso Senhor lhe pague, seu Amâncio. Nosso Senhor lhe pague muito. — E sai enfiando fumo e lenço de qualquer jeito no bolso da saia.

Chegam outras pessoas, homens, para conversar.

— Epa, seu Manuel. Está de vendeiro?

Manuel explica a razão de estar ali, quer saber se já chegaram notícias de Amâncio. Ninguém sabe nada ainda, mas o clima é de otimismo: a demora é bom sinal, sinal de conversa; e conversa demorada, briga adiada.

Vai chegando mais gente, sentam-se nos sacos, mas respeitam os de farinha e evitam os de sal, até nos rolos de arame se sentam, com as pernas avançadas por causa das farpas, uns apanham punhados de amendoim de um saco, vão comendo e guardando as cascas no bolso para esconder estrago, outros comem farinha ou mastigam milho, feijão, o que estiver mais perto, e sopram os pedaços no chão.

Acabada a limpeza, Manuel senta-se de banda no balcão, uma perna pendurada, outra assentada. A conversa se anima.

— Amâncio agiu certo. Para saber se numa moita tem onça é preciso chegar perto. Se a gente fica espiando de longe, nunca sabe se o bicho que está lá é onça mesmo ou um veadinho manso, desses que comem na mão. Tirando Geminiano, que agora deu pra esconder leite, quem é que já viu esses homens de perto, para poder dizer se são onça ou veado?

Quem falou isso foi Dildélio Amorim, na sua linguagem de caçador.

— Essas tais obras é que eu não entendo. Me admira Geminiano: vai lá, vê e não diz nada.

— Geminiano não deve estar sabendo de nada. É um simples empreiteiro. Os homens não vão se abrir com ele.

— Se estão escondendo alguma coisa, então não vão também se abrir com Amâncio.

— Amâncio é diferente. Não trabalha para eles, não depende deles. Pode olhar as coisas de mais de cima.

— Eu acho é que nós andamos vendo assombração. Os homens são sossegados, não incomodam ninguém.

— Por enquanto. Ninguém sabe ainda o que é que eles estão pretendendo. É tudo muito misterioso.

Já tinha gente até do lado de fora, apertando-se nas janelas, esticando o ouvido para dentro para pegar a conversa. De vez em quando um lá mais atrás dava uma opinião que não chegava a ser ouvida na venda mas era rebatida ou apoiada pelos de fora, surgiam discussões, a conversa já estava ficando difícil.

Quando alguém disse que no cartório tinha chegado notícia, a venda se limpou de arranco, todos saindo disparados beco acima, os mais velhos bufando atrás, resmungando contra a pressa dos outros, como se notícia fosse artigo de se esgotar com a procura.

O que se dizia no cartório não chegava a ser notícia. Um menino passou na garupa de um cargueiro, viu homens jogando peteca atrás da cerca. Parou um pouco para olhar, homens jogando peteca não se vê todo dia. Um dos homens estava vestido de branco até no chapéu, esquisito jogar peteca de chapéu na cabeça, a aba deve atrapalhar a vista. Os homens discutiam mais do que jogavam, uma hora lá um deles se aborreceu e foi embora pisando duro. O jogo continuou com os que ficaram, a discussão também. O que mais reclamava era o homem de branco, esse pelo jeito devia ser o dono da peteca.

O povo avaliou a informação, a maioria achou que não tinha pé nem cabeça.

— Amâncio jogando peteca? Não entrosa.

— Esse menino não estará inventando?

— Para onde foi o menino? Precisamos conversar com ele.

Ninguém sabia quem era o menino. Passara na garupa de um cargueiro, atravessara o largo, sumira.

— Mora aonde? É filho de quem?

Um menino que conduz um cargueiro pode morar em qualquer parte, sempre longe, pode não ter pais, é apenas um menino conduzindo um cargueiro, passa vendendo sua lenha, melancia, mandioca, desaparece. Agora está aqui, em seguida não está mais. Quem vai achá-lo num mundo cheio de meninos?

Amâncio jogando peteca com gente desconhecida... Tudo confuso, trançado, sobrando pontas. Se ele estava nesse papel, devia ser por outras pontarias. E que homens eram aqueles outros que passavam o tempo num brinquedo tão miúdo, quando tinham tanto trabalho a fazer em volta, conforme dizia Geminiano? A notícia não encaixava, ficava solta, pedindo explicação.

Quando a carroça de Geminiano apontou na estrada, o povo novamente correu para ela sem pensar na distância. Das casas saía mais gente, muitos correndo porque viam outros correrem, não sabiam para onde iam nem por que corriam. Mulheres assustadas chegavam às janelas se persignando, tanto homem correndo na rua só podia ser desastre, malefício; se viam algum conhecido mais íntimo gritavam pedindo explicação, mas as respostas não vinham ou vinham em gestos sumários, ninguém parava, ninguém queria se atrasar.

Alcançada a estrada larga da ponte, o bando se espalhou e reduziu a marcha, não havia necessidade de correr tanto, Geminiano já vinha perto e o caminho era só aquele, e também todo mundo já sentia uma dorzinha incômoda abaixo das costelas.

Geminiano não gostou de ver aquela multidão no caminho, tanta gente reunida só podia atrapalhar a passagem, assustar o Serrote, atrasar a viagem, ainda faltavam duas. Para não perder o embalo, ele atiçou o Serrote e fez de conta que não havia ninguém na frente. A multidão foi se abrindo para dar passagem, e mal a carroça entrou na clareira Geminiano viu que tinha caído numa cilada.

— Abre! Abre! Afasta! Olha o burro! — gritava ele sacudindo as rédeas e mal saindo do lugar.

Não podendo avançar, o Serrote levantava a cabeça, estufava o peito, sapateava parado, dando uma satisfação aos mandos do dono transmitidos pelas rédeas.

Gente gritava, puxava, empurrava, Geminiano não entendia tanto grito, gritava também:

— Abre! Abre! Olhe as rodas! Cuidado com os pés! Olhe o burro! Não empatem!

Não adiantava forçar, o povo não abria caminho, o Serrote já estava contido pelo freio, pelo pescoço, pelas orelhas, tinha gente até fazendo força para travar as rodas com as mãos. Geminiano suspirou, desistindo.

— E Amâncio?

— Ele entrou?

— E os homens?

— E a peteca?

— Teve briga?

A custo Geminiano conseguiu dizer que não vira Amâncio, que não sabia de peteca nem de briga, que estava tudo calmo na tapera, todo mundo trabalhando.

— Que trabalhando! Estavam jogando peteca com Amâncio.
— Não me consta.
— Um menino viu.
— Viu? Então estavam.
— Já acabaram?

Geminiano irritou-se, estourou:

— Querem saber de uma coisa? Eu tenho minha obrigação a fazer. Com licença. Vamos, Serrote! — E chicoteou o burro, forçando caminho entre o povo desapontado.

Alguns não puderam se arredar em tempo e tiveram os pés machucados pelas rodas da carroça, outros sofreram esfoladuras nas costelas, um levou uma cabeçada do Serrote no peito e saiu tossindo para um lado, prometendo vingança, tiro na testa, porretada no lombo, enquanto a carroça se afastava chacoalhando as juntas, Geminiano em cima apressando o burro para reaver o tempo perdido.

O sol já ia alto quando Amâncio entrou na venda. Enquanto os outros almoçavam, Manuel Florêncio ainda vigiava, esperando, matando o tempo em arrumações. Amâncio entrou, olhou o chão varrido, o balcão limpo, a ordem inédita, gritante.

— Compadre, você tem embocadura. Quer ser meu sócio?

Manuel sorriu mas não deixou que Amâncio divagasse.

— Como é que foi? — perguntou fingindo arrumar umas garrafas na prateleira.

Amâncio quebrou a casca de um amendoim, jogou os caroços na boca, falou mastigando:

— Fui e voltei.

— Estou vendo. Mas no entremeio?

Amâncio não respondeu logo. Passou para o outro lado do balcão, correu os olhos pelas prateleiras para ver onde tinha ficado a garrafa em uso, achou, procurou um copo.

— Não fui mordido. Proseamos, brincamos. Gente aberta, sem pé atrás.

— Jogaram peteca.

— Peteca? Quem disse?

— A gente soube.

Amâncio sorriu, olhou para longe, mudou de assunto:

— Quem sabe sabe; quem não sabe indague, dizia meu tio Lindolfo. Ele foi padre, já contei? Padre assentado, cumpridor. Irmão de minha mãe. Um dia largou batina, largou rosário e foi ser revoltoso. Minha mãe quase morreu de paixão. Dizem que ele estanhou muita gente em combate. Foi anistiado. Creio que ainda vive, é professor de latim não sei onde. Tive um retrato dele que saiu num jornal. Fardado de oficial, com dois revólveres na cintura. Pelo tamanho das capas, deviam ser parabelos. Eu é que precisava ter mão num daqueles. Meu tio Lindolfo. Padre Lindolfo, de parabelo na cintura. Se minha mãe visse, não acreditava. Mas, mesmo fardado, é a cara de minha mãe. Sempre teve feição de mulher, diziam lá em casa.

Enquanto falava, Amâncio virou dois copinhos. Agora olhava do copo para a garrafa e vice-versa, querendo continuar e não querendo. Manuel Florêncio esperava sem pressa. Conhecia Amâncio, sabia que não adiantava imprensá-lo. Amâncio era burro manhoso, desses que empacam para ver o desespero do dono.

Amâncio virou mais um copo depressa, escondido, como se não fosse o dono de toda a cachaça da venda; machucou bem o gosto na boca, demorando na apreciação.

— Pinga boa eles têm lá. Ainda está na pipa. Vou ganhar umas garrafas quando engarrafarem. E dizem que ainda não está no ponto. Pra mim já está pra lá do ponto. Deve ser desculpa de quem não quer dar. Mas as minhas eu trago, não tem barriga-me--dói.

Manuel ouvia paciente, com a atenção adiante. Amâncio encheu e soverteu mais um copo, ligeiro, de surpresa. Abriu a gaveta procurando cigarro, viu o dinheiro das vendas.

— Epa! Quando eu saio, o negócio melhora — disse ciscando o dinheiro, contando por alto. Pegou uma nota, estendeu a Manuel. — Seu ordenado, compadre.

Manuel torceu o corpo, recusando.

— Bobagem. Quero não, Amâncio.

Amâncio desapontou-se, consertou:

— Então leva um trem qualquer. Faço questão.

— Quero nada não, ora essa.

Amâncio olhou em volta, meio irritado. Estava perdendo, não ia se conformar. Pegou uma corda de linguiça, jogou para Manuel. Sabia que ele gostava.

Manuel aceitou, resignado. Afinal linguiça compõe bem um almoço ou uma janta, contanto que não seja muito salgada. Enrodilhou o presente, embrulhou-o num papel de jornal, limpou as mãos num saco de farinha.

— Muito obrigado então, Amâncio. Mas você ainda não contou dos homens — disse, numa última tentativa antes de sair.

— Compadre, eu vou lhe dizer uma coisa. Todo mundo estava comendo gambá errado.

Manuel ficou esperando a explicação, mas parece que Amâncio estava sem vontade de explicar.

— De que jeito? — insistiu Manuel.

— Se todo mundo aqui fosse como eles, Manarairema seria um pedaço de céu, ou uma nação estrangeira.

Essa alegação entusiasmada não esclarecia muito. Manuel continuou insistindo:

— Mas o que é que eles querem? Que apito tocam?
— Não querem nada. Não tocam apito nenhum.
— E as obras tão faladas?
— Exagero. Servicinhos à toa. Um puxado. Um chiqueiro. Remendos. Dê ouvido a conversas não.

Se Amâncio estava escondendo leite, ou querendo ser adulado para falar, Manuel não ia insistir mais; ficasse ele com o seu segredo.

— Bom, tome conta de sua venda que eu tenho serviço esperando — disse Manuel, e saiu de chofre, esquecendo o embrulho de linguiça. Amâncio não notou logo o esquecimento, quando notou pegou o embrulho para jogar longe na rua, conteve-se em tempo e deixou-o em cima do balcão, para dar ao primeiro necessitado que passasse. Até nisso Manuel ganhava: quando era que Amâncio se lembrava de dar uma corda de linguiça a um pobre?

Manuel Florêncio era uma coceira que Amâncio tinha por dentro. Aquela mania de honesto, de ser palmatória do mundo, de dizer coisas que ninguém gosta de ouvir. Quem ele pensava que era? Secretário de Deus? Fiscal do mundo? Isso ou aquilo, Amâncio tinha de reconhecer que ele sabia pensar certo e agir certo. Manuel nunca entrava em complicações, nunca se alterava, não cultivava ofensas; mostrava o seu desagrado na hora e passava uma esponja. Era por isso que muitos não gostavam dele. Mas bastava alguém se animar muito nas críticas para Amâncio se exaltar na defesa. Quem era melhor do que Manuel Florêncio em Manarairema? Se pisava em algum rabo de vez em quando era porque havia muito rabo espalhado, a culpa era mais dos rabudos. E sabia ser amigo, sempre, em qualquer repuxo. Se não fosse pela amizade de Manuel, era certo que Amâncio estaria morto há muito tempo, em briga ou desastre. No entanto… o que era que ele vinha ganhando? Coices, contravapores. E por que ainda perdia tempo em servir Amâncio? Para ficar credor? E qual a vantagem de ser credor de dívidas que nunca são pagas nem cobradas? Pensando e repensando, Amâncio descobriu que de perto ele detestava Manuel, mas de longe tinha de gostar dele.

Depois do almoço a venda foi se enchendo de novo. Cada um chegava com o pretexto de comprar alguma coisa, comprava (ou não comprava) e ficava remanchando, assuntando. Amâncio sabia muito bem o que era que eles queriam, mas se fazia de desentendido.

— O que foi que deu em todo o mundo hoje? Até parece que só tem esta venda na cidade — dizia ele a um ou outro freguês menos merecedor de consideração, desses que só aparecem quando não encontram o que desejam em outro lugar, ou quando querem bispar alguma coisa.

Atendendo um e outro, pesando carne-seca, medindo farinha, subindo a escada para descer um amarrilho de chinelas para o freguês escolher, apanhando um pacote de pregos debaixo do balcão, embrulhando um rolinho de canela em rama, medindo e cortando fumo, recolhendo dinheiro, dando troco, Amâncio não esticava conversa. Mas os que iam sendo servidos não saíam, e novos fregueses iam entrando, empurrando, forçando passagem, quem derrubasse uma nota, um canivete, qualquer coisa, não tinha espaço para se abaixar e apanhar. Bolas de sabão-da-terra, caixa de espoletas de espingarda, maço de velas, saquinhos de sal moído eram passados por cima das cabeças da assistência para os que não conseguiam alcançar o balcão, tudo com muita algazarra, muita espremeção, muita reclamação.

Amâncio acabou se cansando de tanta zoeira, cruzou os braços e gritou lá do fundo:

— Minha gente, por hoje chega. Já vendi para o mês inteiro. Agora desinfetem que vou fechar.

— Ah, não! Faz isso não! Os meus cartuchos! Calibre vinte e quatro!

— As minhas bolachas! É pra doente!

— Fecha não, Amâncio!

— Já fechei. Não vou vender tudo num dia. Vamos saindo! Vamos saindo! Esquipa todo mundo! — E foi empurrando os fregueses para fora com a ponta do metro, como se fosse vara de ferrão. — Vamos saindo. Não fica ninguém.

Alguns tentavam se agarrar numa quina de caixote, na orelha de um saco, levavam uma bordoada com o metro, largavam e sopravam os dedos para passar a dor. Num instante a venda estava despejada, as janelas fechadas com a tranca, a porta escorada por dentro com o barrote. Já na rua as pessoas ainda relutavam em se espalhar, formavam bolo na porta discutindo, culpando umas as outras por atos indefinidos, protestando contra a desconsideração do vendedor, jurando nunca mais porem os pés naquela venda chinfrim, rogando pragas medonhas, mas ainda esperando que Amâncio voltasse atrás e reabrisse. Havia gente com a cara colada na porta e nas janelas procurando fendas para olhar para dentro, ninguém chegava a ver nada, mas se uma pessoa conseguia encostar o olho numa fenda era deslocada por outros que também queriam olhar.

A barulheira durou até que Amâncio resolveu acabar com ela abrindo ligeiramente uma janela e disparando um tiro de espingarda por cima das cabeças da multidão. O tiro de carga dupla ressoou forte na estreiteza do beco, assustou galinhas e pássaros nos quintais vizinhos, repercutiu no mato da beira do rio.

A multidão dissipou-se com a fumaça, e quando Amâncio abriu a janela para verificar o efeito, a não ser por uns chapéus espalhados no chão parecia que não tinha estado ninguém no beco.

* * *

No meio da tarde, quando o sol espichava as sombras no largo, a carroça dobrou a esquina e entrou no beco. Vinha coberta com um toldo improvisado, simples lona apoiada em um varal e dois esteios, e quando parou na porta da venda dela desceram três homens vestidos com paletós de cinto e bolsos com tampo e botões, coisa mesmo de gente de fora, raramente vista em Manarairema. Desceram, endireitaram a roupa, como se preparando para tirar retrato, bateram na porta.

Não aconteceu nada, eles se voltaram para Geminiano, que continuava sentado na carroça.

— Só se saiu — opinou Geminiano. — Eu vou experimentar.

Pulou para o chão, escutou na fechadura, gritou no buraco:

— Seu Amâncio! É a gente!

Não demorou muito e a porta se abriu prudentemente, depois escancarou-se.

— Vamos entrando — disse Amâncio baixando a espingarda; notando a estranheza dos homens, justificou-se: — Tive de me armar por causa de uns bedamerdas aí fora. Vamos entrando. Entra, Gemi.

Gemi. Como são as coisas. Geminiano não soube se gostou ou não. Escusou-se dizendo que ainda tinha de dar água ao burro, preparar-se para o jantar, a mulher não gostava de esperar.

— Vou chegando. Estão entregues, não é?

Os homens entraram calados, Amâncio fechou a porta.

Essas visitas foram se repetindo e caíram numa rotina que o povo acabou por aceitar. Mal eles chegavam, os fregueses iam saindo espontâneos, sem esperar que Amâncio os expulsasse. Ninguém se arrepiava, ninguém manobrava para ficar. E mais estranho ainda, ninguém procurava saber que assuntos eram tratados naquelas reuniões à porta fechada, entre cachos de bananas e tranças de cebola. Podia ser que o povo estivesse se cansando daqueles homens e de suas obras intermináveis, obras cujo sentido — se tinham mesmo algum — ninguém alcançava nem queria mais alcançar; e quanto menos se falasse neles, mais tempo e mais cabeça sobravam para o capinar diário.

Mas acontece que Geminiano deu para resmungar. A princípio eram queixas imprecisas, sem alvo nem motivo determinados, que o povo atribuía a cansaço ou desinteresse por um serviço que não variava e que parecia não ter fim. Até o Serrote andava desespiritado nos varais, a cabeça baixa, num conformismo inconformado, parece que procurando no chão a justificativa para aquele trabalho absurdo, idiota. O próprio Geminiano, antes tão confiante e desempenado, não deixando passar oportunidade de mostrar os dentes brancos, como a dizer a esmo que é bom ser proprietário, agora era aquilo — um homem desmanchado na boleia, os ombros despencados, os olhos fixos nas ancas cada vez mais magras do Serrote, despreocupado das rédeas e do caminho. Quando cruzava com alguém na rua ou na estrada, Geminiano levantava a mão num cumprimento mecânico que não chegava à aba do chapéu. Quando alguém o saudava, ele não ouvia da primeira vez, ou ouvia atrasado.

Um dia, subindo uma ladeirinha na saída do largo, quebrou-se uma tábua da carroça e um monte grande de areia despencou no chão. Geminiano desceu de um pulo, olhou a areia caída, a tábua quebrada e perdeu a calma: desfechou um pontapé furioso na roda, como se quisesse quebrá-la também. Pessoas que viram a cena correram para se informar, para ajudar, e encontraram Geminiano debruçado na roda chorando. O embaraço foi geral. Aquilo era novo, Geminiano chorando. Deviam consolá-lo, como se faz com criança, ou ir saindo disfarçado, em respeito ao desespero de um homem antes tão equilibrado?

Geminiano não tomou conhecimento deles, continuou chorando, se lastimando:

— O que é que eu faço, meu pai, o que é que eu faço? Como é que vou sair desta prisão? Por que foi que não recuei enquanto era tempo? O que será de mim agora? Não aguento mais! Estou nas últimas! Vejo que vou acabar fazendo uma besteira.

Um homem destacou-se do grupo, pôs a mão nas costas de Geminiano, falou amigo:

— Não fraqueja não, Gemi. Estamos aqui, ajudamos. Não é caso para choro. A tábua quebrou? A areia caiu? A gente conserta, a gente apanha. Fique assim não. Enxugue os olhos.

Geminiano olhou para ele através de um véu de lágrimas, e por um instante pareceu não reconhecê-lo, ou não acreditar na sinceridade do que ouvira. O homem recuou prudente, Geminiano estava alterado, tudo podia acontecer naquele instante. Geminiano largou a roda, abraçou-se com o homem e desabafou, agora chorando solto:

— Você não sabe o que eu tenho passado, Dildélio. Muito sofrimento para um homem só.

— Fique assim não, Gemi. Vamos dar um jeito nisso. Para todo mal tem um remédio — disse o outro tentando livrar-se do abraço constrangedor.

— Esse meu não tem, Dildélio. O meu remédio é um tiro na cabeça, um copo de veneno. — E agarrava-se mais forte ao amigo, como se com isso pudesse descarregar nele um pouco do sofrimento de que se queixava.

As outras pessoas foram perdendo o acanhamento e se chegando também, mas só iam fazer número, não encontravam muitas palavras de consolo, apenas repetiam Dildélio:

— Fique assim não, Gemi. Ora essa!

— Diz o que é, a gente dá um jeito.

— Você está no meio de amigos.

— Para tudo tem remédio.
Dildélio fez sinal em volta, pedindo si!êncio, respeito.
— Você está cansado, Gemi. Despeje a areia aí mesmo e vá para casa, deite na rede, descanse. Nós espalhamos a areia pra não fazer monte. Ajude, gente! Vamos descarregar a areia.
— Não, não! Nem ver! — gritou Geminiano alarmado. — Pode descarregar não! Tenho de levar!
— Falhe hoje, Gemi. Você está nervoso. Vá para casa. Nós levamos você.
Geminiano endireitou-se, tomou fôlego. Olhou para as casas, as árvores, o céu, podia estar censurando a paisagem indiferente, ou invocando o testemunho dela para o seu sofrimento. Suspirou e disse calmo, resignado:
— Tem jeito não, Dildélio. Vou levar a areia. Tenho de levar. É minha sina.
Resignadamente olhou em volta, pegou um pedaço de pau provavelmente caído de algum cargueiro de lenha, empurrou para dentro a tábua quebrada e escorou-a com ele, fazendo trave, depois apanhou a pá e repôs na carroça a areia caída. Quando a areia restante não dava mais para ocupar a pá ele terminou o serviço com as mãos, juntando tudo meticulosamente, sovinamente, como se um simples dedal daquela areia fizesse diferença no preço de toda a carga. E mesmo depois de sentado na carroça, com as rédeas já na mão para dar saída, ele ainda olhou para trás para ver se não ia deixando nada. Finalmente sacudiu as rédeas, falou manso com o Serrote, saiu devagar, derrotado.
— Coitado de Geminiano. Esse serviço está acabando com ele — disse Dildélio olhando a carroça e abanando a cabeça.
— E por que não larga? Por que não manda os homens pentear macaco? — disse um do grupo.
— Pois é. Por que não larga? Tempo de escravo já acabou.

— Cada um sabe onde morde o borrachudo — disse Dildélio. — Se ele ainda não largou é porque não pode. Ele deve estar passando horrores. Não notaram como mudou? Esse Geminiano aí não é mais aquele antigo; e esse de hoje, amanhã será outro se não parar.

Era verdade. O Geminiano antigo estava muito longe, muito sumido no fundo daquele que agora passava com a carroça, todos concordaram, e lamentaram a falta dele. E não tendo mais o que fazer ali no meio do caminho, cada um voltou para casa ou para o trabalho, mas no fundo culpando Geminiano. Se ele entrara no rio com os próprios pés, por que não saía também com os próprios pés, se não estava chumbado?

O tempo passava e nada mais acontecia. Geminiano consertou a carroça e continuou carreteando areia, cada vez mais calado e encolhido. Os homens da tapera continuaram visitando Amâncio na venda, chegavam de repente, tomavam conta, às vezes ficavam até noite alta, outras vezes saíam logo, levando vara e anzol no rumo do rio, nunca voltavam com peixe que valesse a pena, tanto que o povo começou a desconfiar daquelas pescarias de pouco rendimento.

Das intenções dos homens, de sua ocupação verdadeira a cidade continuava na mesma ignorância do primeiro dia. Se Amâncio sabia alguma coisa, guardava bem o segredo: quando sondado, desconversava troçando se estava de boa disposição, ou saía com o perguntador na testa se estava de veneta.

Amâncio estava ficando tão antipático como os seus amigos da tapera.

O dia dos cachorros

O derrame de cachorros foi o primeiro sinal forte de que os homens não eram aqueles anjos que Amâncio estava querendo impingir. Mesmo se fizeram aquilo por simples brincadeira, mostraram completa desconsideração pelos direitos alheios.

Dois ou três dias antes o povo notou que os cachorros da tapera estavam ficando inquietos, turbulentos, aflitos como em véspera de uma grande caçada. À noite o alarido era tal que chegava a perturbar o sossego na cidade. A impressão geral era que os homens não estavam dando comida suficiente aos bichos. Seria por maldade? Ou distração? Ou falta de recursos? Talvez Geminiano pudesse dar uma explicação?

— Cachorros? Esconjuro. Capetas. Capetas de quatro pés. Cachorros. — Foi só o que se conseguiu de Geminiano.

— Quantos são, Gemi? Parece que são muitos.

— Muitos? Dobre e ponha mais.

— Uma dúzia? Dúzia e meia?

— Que dúzia e meia! Dúzia e meia morre por dia.

— Morre de quê?

— Morre. Cai no chão, estrebucha e morre.
— Onde arranjaram tantos?
— Eu sei? Recebem.
— De onde? Quem traz?
— De longe. Do inferno. Quem traz é o capeta. Só pode ser. Cachorros! Peste!

Não adiantava mais falar com Geminiano. Aquele trabalho sem fim estava bulindo com o juízo dele. Ele agora preferia falar sozinho a conversar, e qualquer dia sairia por aí gritando e xingando a esmo, como o velho Inácio Medrado. Parece que toda a cidade precisa ter um louco na rua pra chamar o povo à razão; agora que Inácio não existia mais, Geminiano estava exercitando para preencher o lugar. Era certo que os homens tinham muito cachorro na tapera, a latomia que faziam não deixava dúvida; mas não podiam estar recebendo cachorros todos os dias sem parar, faltava o cabimento.

Os cachorros baixaram de repente, apanhando todo mundo de surpresa. A cidade estava engrenando na rotina do tomar café, do regar horta, do varrer casa, do arrear cavalo, quando os latidos rolaram estrada abaixo. As pessoas correram para as janelas, as cercas, os barrancos e viram aquela enxurrada avançando rumo à ponte, cobrindo buracos, subindo rampas, contornando pedras, aos destrambelhos, latindo sempre.

— Nossa! É cachorro! É cachorro! E vem pra cá!
— Ih, é cachorro! Escapuliram!
— Os cachorros!
— Feche a porta! Os cachorros!
— Os meninos! Chame os meninos!
— Corre, gente!
— Fecha tudo!
— Prepare porretes!

Portas batiam em toda parte, gente gritava, criança chorava, galinhas em pânico, mães ralhavam, batiam, sacudiam, rezavam, homens iam e vinham correndo, procurando espingarda, garrucha, porrete, outros apenas acendiam um cigarro e iam para a janela espiar.

Apesar da curiosidade, ninguém se aventurou a sair de casa. No largo e nas ruas desertas apenas alguns animais pastavam apáticos, alheios à ameaça ou talvez confiantes na eficiência dos cascos. Até os pássaros, percebendo alguma coisa no ar, retiraram-se prudentes para os galhos mais altos das árvores. Borboletas inocentes enfeitavam as margens do rego, e ali morreriam em poucos minutos pisadas, mordidas, desmanchadas como flores depois de ventania. O palco estava armado para os cachorros, e eles o ocuparam como demônios alucinados.

A vaga de pelos, de dentes, de patas, de rabos, de uivos chegou inteira e logo se espalhou por toda a parte farejando, raspando, acuando, regando pedras, barrancos, muros, raízes de árvores, unhando portas, choramingando, erguendo-se nas patas traseiras para ver se descobriam nas salas alguma coisa digna de atenção — e era repelida pelos moradores a varadas, lambadas, pauladas, até a tapas e chineladas.

Escorraçados da frente, os cachorros surgiam nos quintais quebrando plantas, revolvendo hortas, derrubando cercas, pulando muros, perseguindo galinhas, matando pintos, parando de vez em quando para retirar chumaços de penas da boca com as patas ou pelo processo de esfregar o focinho no chão. Os homens tentavam espantá-los a pedradas, apanhavam uma pedra e ficavam tontos com ela na mão, não sabendo para que lado jogar, os cachorros eram muitos e vinham de todos os lados, nem tomavam conhecimento da gente, pareciam estar à procura de alguma coisa mais importante. Às vezes se ouvia um tiro e um ganido, que o alarido geral abafava.

Era impossível saber quantos seriam, quem tentou calcular por alto desistiu alarmado, eles estavam sempre passando e pareciam nunca acabar de passar. Pelo meio da manhã o cheiro de pelo suado, de urina concentrada, de estrume pisado era tão forte que invadia as casas e obrigava as pessoas a queimarem ervas para espantar a morrinha.

Fechadas em casa, abanando-se contra a fumaça, enervadas com os latidos, as pessoas tapavam os ouvidos, pensavam e não conseguiam compreender aquela inversão da ordem, a cidade entregue a cachorros e a gente encolhida no escuro, sem saber o que aconteceria a seguir. Às vezes um cachorro aparecia dentro de uma casa, vindo não se sabe por onde, pondo as pessoas em pânico. O cachorro olhava para um, para outro, escolhia uma pessoa, chegava-se para ela, abanando o rabo. A pessoa se encolhia, guardava as mãos, as pernas, e não achava voz para espantá-lo. O cachorro insistia, farejava, esperando: nenhum agrado vinha, ele desistia e se retirava desapontado, a cabeça baixa, o rabo quase colado nas pernas. Outros entravam por um lado, varavam a casa e procuravam saída pelo outro lado, riscando a porta com as patas, ajudando com o focinho, ganindo o tempo todo, até que alguém criava coragem, abria a porta e ele saía disparado atrás de uma caça invisível. Houve casos também de cachorros entrando numa casa, indo direto aos quartos e saindo com chinelas, sapatos, roupas, tudo o que pudessem agarrar com a boca, lençóis eram arrastados pelos quintais, estraçalhados em espinhos de roseiras ou mandacaru, lambuzados na lama dos regos e afinal abandonados em qualquer parte, quando já não serviam para nada.

Outros parece que entravam numa casa apenas para descarregar a bexiga; chegavam, farejavam, escolhiam o lugar, às vezes até um par de botinas encostado num canto, e calmamente se aliviavam; ou rodavam, rodavam no meio da sala, o corpo encurvado no meio, as pernas traseiras abertas, espremiam, largavam uns charutinhos ou uma broa; satisfeitos com o resultado, raspavam as patas duas, três vezes e saíam sem olhar para ninguém, os donos da casa que providenciassem a limpeza. Eram desacatos que as pessoas toleravam resignadas, consolando-se em pensar que não há mal que sempre dure.

Mas vendo que os cachorros não tinham pressa de ir embora, o povo começou a mudar de atitude. Os porretes, as correias, as espingardas iam sendo escondidos e substituídos por tentativas de afagos, palavras mansas, agrados de comida. Gente se amontoava nas janelas assoviando para eles, estalando os dedos, esticando a mão para alisá-los com medo, é verdade, mas desejando receber um abano de rabo. Muitos iam à cozinha buscar qualquer coisa de comer para jogar aos pés deles. De repente ficou parecendo que todo mundo adorava cachorro, quanto mais melhor, e só tinha na vida a preocupação de fazê-los felizes. Se uma criança desavisada apanhava o chicote preparado pelo pai e ameaçava um cachorro mais atrevido, era imediatamente obstada e castigada com o mesmo chicote. A ordem era respeitar os cachorros. Foi um tempo difícil aquele para os puros, os ingênuos, os de boa memória.

Quando foi ficando claro que os cachorros não estavam interessados em morder ninguém (o máximo que faziam era rosnar e mostrar os dentes para quem os incomodasse inadvertidamente), mas apenas em dar vazão à energia represada na disciplina da tapera, as pessoas foram criando coragem e saindo de casa desarmadas, e até já achavam graça nos desatinos e bodejos dos bichos. Vê-los perseguindo galinhas nos quintais ficou sendo um espetáculo considerado divertido. Quando uma galinha conseguia escapar para cima de um muro, de um cafeeiro, para o meio de uma moita qualquer, e lá ficava ofegante se refazendo do susto, sempre aparecia alguém com uma vara para espantá-la, e a perseguição recomeçava. Frequentemente uma galinha já manca, de asa despencada e muitas falhas de penas pelo corpo era apanhada e entregue na boca de um cachorro; e geralmente o cachorro distinguido com a prenda apenas a cheirava e virava as costas.

Nas ruas, se um cachorro se aproximava de um chafariz, não faltava quem corresse com as mãos em cumbuca para poupá-lo do incômodo de beber da bica. Os cachorros de Manarairema, antigos donos daquelas ruas, também sofreram grandes humilhações. Quando atacados por um dos estranhos eles não podiam reagir nem se defender, bastava rosnarem e já os donos vinham correndo castigá-los pelo atrevimento. Eles tinham de correr ou se deixar morder passivamente, se não quisessem levar pauladas.

Cachorros estranhos dormindo nas passagens eram respeitados mais do que crianças ou velhos, as pessoas passavam nas pontas dos pés para não acordá-los, muita gente entrava e saía de casa pelas janelas ou dando volta pelos fundos para não passar por cima deles. Muita almôndega macia, fritada em boa gordura, lhes foi servida em prato de louça, como se faz com hóspedes de categoria. Toda a cidade estava praticamente a serviço dos cachorros, tudo o mais parou, ficou adiado, relegado, esquecido. Qualquer cachorro pelado, sujo, sarnento, contanto que fosse estranho, encontrava quem o elogiasse por qualidades que ninguém via mas que todos confirmavam. Era uma grande vantagem ser cachorro estranho em Manarairema naqueles dias.

Mas uma tarde, já ao escurecer, como obedecendo um comando secreto, todos os cachorros cessaram o que estavam fazendo, farejaram o ar, limparam os pés e dispararam no rumo da tapera, atropelando gente e se atropelando. Saíam de quintais, latadas, de monturos, ainda arrastando gravetos e ramagens, derrubando cinza, cavacos, folhas secas do lombo. Os bandos que saíam de cada rua iam desaguar no largo, formando uma enchente que se despejava para a ponte, ganhava a estrada e subia compacta para a tapera, deixando atrás um vazio escuro que o ventinho fresco da boca da noite vinha preencher. Na passagem estreita da ponte o aperto era tanto que se viam cachorros avançando por cima dos outros, derramando-se para fora das grades e despencando na pedreira lá embaixo, deixando na queda um risco de grito a prumo.

As pessoas ficaram sem saber o que pensar nem o que fazer, com medo de se descontraírem antes da hora e terem de repor a máscara às pressas. Não querendo fazer comentários prematuros, todos se recolheram cedo para absorver no escuro as humilhações desnecessárias e tão prontamente aceitas, quando não procuradas espontaneamente.

Cada um torturado pela sua vergonha particular, ninguém dormiu bem aquela noite, nem mesmo os que se conservaram de lado desaprovando a degradação geral com um simples abanar de cabeça; esses já sentiam que desaprovar em silêncio é pouco menos do que aprovar, e nem tinham o consolo barato dos que tiveram a coragem de aderir.

No dia seguinte a cidade se esforçou por voltar à vida normal, e ninguém quis falar nos cachorros; mas a lembrança deles estava em toda a parte, no estrume deixado nos corredores das casas, nas calçadas, na grama do largo; no cheiro de urina que empestava todos os cantos; nos riscos de unhas feitos nas portas e paredes; nas penas de galinha espalhadas pelos quintais e que até ainda voavam no ar, no espanto ainda visível nos olhos das crianças e no constrangimento dos adultos.

Parece que Amâncio Mendes foi o primeiro a tocar no assunto, e do jeito que ele falou deu a impressão de estar sondando, provocando. Mas ninguém emendou conversa, ele sorriu, desviou.

— Estou pensando em espichar a venda — disse ele com uma perna assentada no balcão. — É só derrubar uma dessas paredes do lado, fazer um puxado pra lá. Depois ponho fazendas, perfumaria, artigos finos.

— Então vai ser uma loja — disse Dildélio. — Como a de seu Quinel.

— Ou melhor. Vou contratar um bom empregado. Um ou dois.

— E a freguesia? Seu Quinel anda se queixando da paradeira.

— Freguesia tem. Vocês vão ver.

Os presentes se olharam disfarçadamente. Entenderam.

— Dizem que eles não compram nada. Têm de tudo lá. Recebem de fora.

— É, é? Deixa dizerem. Enquanto vão dizendo, eu vou vendendo.

— E quando eles forem embora? — Quem falou foi Manuel Florêncio, sondando também.

— Eles vão embora, é? Sabia não. Quem foi que disse?

— Ninguém não. Mas um dia terão de ir.

— É, é? Pois vá esperando.

Isso inquietou os presentes. Com exceção de Amâncio, que agora era uma espécie de advogado dos homens, ninguém sabia muito a respeito deles, e o que ia sendo revelado era sempre assim, desagradável. Então eles iam ficar. Fazendo o quê? Soltando cachorro na cidade para assustar o povo?

— Afinal de contas, o que é que eles vieram cheirar aqui? — indagou Manuel Florêncio, não a Amâncio, nem a ninguém, mas como quem deixa escapulir uma pergunta que há muito o incomoda; mas todos olharam para Amâncio, reconhecendo que só ele podia dar resposta.

Amâncio não gostou da pergunta. Respondeu sério, repreendendo:

— Cheirar, não. Ninguém veio cheirar nada. Eles vieram trabalhar, trazer progresso. Se o povo não entende, e fica de pé atrás, a culpa é do atraso, que é grande. Mas eles vão trabalhar assim mesmo, vão tocar para a frente de qualquer maneira. Quem não gostar que coma menos.

Ninguém disse nada. Todos ficaram olhando para o chão, para os sacos de gêneros, para as mercadorias penduradas, para as moscas enervantes. Amâncio parecia saber alguma coisa, devia saber, mas teimava em desconversar, em fazer mistério — ou pelo prazer de irritar ou porque não podia mesmo falar, ordem dos homens, proibição.

Mas Manuel Florêncio, positivo, meticuloso, incômodo, não ia se conformar. Torcendo um fio de sobrancelha, real ou imaginário, falou olhando para o chão:

— Engraçado. Eles vieram trabalhar, trazer progresso, fazer o bem. Então por que ficam entocados lá longe, cercados, fechados, não se abrem com ninguém, e quando querem se distrair soltam cachorros em cima da gente?

— Já vem você — disse Amâncio. — Você não entende, está de cabeça cheia. Ninguém aqui entende. Os homens estão trabalhando. Eu estive lá, eu vi.

— Esteve lá jogando peteca. Se isso é trabalhar...

Amâncio fungou, derrubou o cigarro, apanhou; tornou a derrubar, pisou em cima com raiva, como quem mata um bicho venenoso, escorpião, lacraia.

— Não é nada disso — gritou, por fim. — Ouviram cantar o galo. Eu sabia que iam avacalhar. O culpado é o Geminiano. Ele vai ver comigo. Pretete fedido.

— Você é quem ouviu cantar o galo. Geminiano nem quis falar. Quem contou foi o menino.

— Seja quem for, fez fuxico. Mas não faz mal. Podem falar até rachar o papo. Estou com os homens, o resto é muxingo de gongomé macho. Quem não gostar tire a ceroula e pise em cima.

Quando acabou de falar, Amâncio estava fungando forte, os dentes cerrados. A raiva era tanta que ele teve de riscar vários paus de fósforos para poder acender um cigarro. Era difícil discutir qualquer assunto com Amâncio. Sempre que ele ficava sem defesa caía na valentia e os outros recuavam. Brigar dá trabalho, e na maioria das vezes não paga a pena. Amâncio mesmo era um exemplo. Das brigas que vencia — quase todas — não ficava satisfeito com nenhuma. Passada a raiva, esfriada a cabeça, não havia muita diferença entre ele e o vencido. Em muitos casos, vencer briga não é melhor do que perder. Para que então andar brigando à toa?

— Bom — disse Manuel Florêncio —, você diz que eles estão trabalhando e que no fim nós todos vamos lucrar. Então eu acredito e fico esperando.

Amâncio olhou para ele agradecido, desconfiado. Aquele Manuel às vezes dava raiva, às vezes também dava alegria. Manuel era mestre em evitar briga sem correr. Era mestre em muitas coisas que uma pessoa deve saber para poder viver neste mundo difícil. Manuel Osório de Almeida Florêncio. Manuel bobo. Manuel ladino. Manuel amigo.

— Vamos tomar uma calcinada todo mundo — disse Amâncio virando-se para a prateleira para providenciar garrafa e copos.

Os outros se animaram, preparando a boca, antecipando; mas Manuel, sentado nas mãos apoiadas num caixote, disse sem alarde:

— Tomem vocês. Eu agradeço.

— Me esqueci que ele é contra. Está aprendendo para santo — disse Amâncio.

Muitos riram, Amâncio sorriu satisfeito, Manuel explicou:

— É o estômago. Não aguento nem o cheiro.

— Tampa o nariz e vira — sugeriu um.

— Não compensa. Prefiro olhar.

— Então come um pé de moleque. Um beiju. Qualquer coisa — disse Amâncio mandando.

Manuel aceitou um beiju para evitar crítica, enquanto os outros iam virando, careteando, bufando e cuspindo. Se era tão bom, para que tanta resistência, tanto esforço?

Manuel demorou-se um pouco mais, riu, conversou, deu uma desculpa e saiu. Aquela função iria longe, terminaria em tocata de viola e cantaria, com algumas discussões no meio, depois a galopada de Amâncio pelas ruas, os tiros a esmo, os insultos diante das casas fechadas, trancadas, escoradas, depois o sono largado em alguma vala de arrabalde; Manuel tinha de estar descansado para o trabalho de procura e salvamento.

Quando chegou em casa, Manuel encontrou Geminiano na porta, montado na carroça, esperando. Geminiano cumprimentou expansivo, como não fazia havia muito tempo. Disse que Manuel devia estar ficando rico, ou já devia ter ficado, porque não estava mais ligando ao trabalho. Pulou da carroça e pediu licença para cumprimentá-lo de perto.

— O que é isso, Gemi? Você parece que viu passarinho verde.

— Eu? É. De hora em hora a gente melhora.

— Sempre acabou o serviço?

— Eu? Acabei a primeira parte. Agora vou começar a segunda.

— Lá mesmo?

— Sempre.

— Cuidei que você estivesse cansado.

— Eu? Que nada! Ainda tenho fôlego pra muito mais. Mas primeiro preciso da sua ajuda. Está vendo essas tábuas velhas? O senhor vai me mudar todas elas.

Manuel não gostou da maneira impositiva. Hábito de lidar com os homens da tapera? Alto lá!

— Ah, não posso, Gemi. Estou cheio de serviço. Não tenho tempo para pegar remendo.

Geminiano olhou-o espantado. Não contava com a recusa.

— Mas é preciso. Os homens estão esperando.

— É? Esperar é bom para a saúde.

— Não brinque com assunto sério, seu Manuel. A carroça não é mais minha. É deles. Eles mandaram consertar.

— Folgo em saber, Gemi, mas não estou mais fazendo consertos. Sinto muito.

Geminiano pensou, alisando o pescoço do Serrote.

— Seu Manuel, sempre tive consideração com o senhor, não vou deixar de ter agora. Faz de conta que o serviço ainda é pra mim, e fica tudo entre amigos.

— Mas você acabou de dizer que não é.

— Eu disse faz de conta. Vejo que o senhor está de má vontade com os homens. O senhor faz o serviço como se fosse pra mim e eles não precisam ficar sabendo desse nosso arranjo.

— Não, Gemi. Não gosto de negócio turvo. Por mim você não precisa esconder nada. Pode dizer lá a eles que eu não quis fazer o serviço.

— Que esperança! Não é assim não, seu Manuel. Não posso dizer isso. De jeito nenhum não posso.

— Então você diz lá o que entender. Eu quis dar uma ideia. Se não serve, você arranja outra. Mas o certo é que eu não vou fazer o serviço.

Geminiano olhou calmo para ele, explicou com paciência:

— O senhor não está entendendo, seu Manuel. Eles mandaram a carroça para o senhor consertar, eu não posso chegar lá e dizer que o senhor não vai fazer o serviço. Isso não casa com o sistema deles.

— Isso de sistema cada um tem o seu, Gemi. Se o deles é esse que você está dizendo, o meu é aquele que eu já disse. Agora, com a sua licença, vou entrar. Tenho serviço esperando.

Geminiano não desanimou ainda; continuou explicando:

— Seu Manuel, pense bem no que está fazendo para não se arrepender mais tarde. O assunto é sério, não cabe teima nem capricho. Acho melhor o senhor ir consertando a carroça. Não custa, é só umas poucas tábuas.

Em vez de se aborrecer, Manuel achou graça na insistência de Geminiano. Oh, homem renitente! Era só o que faltava, uma pessoa trabalhar obrigada. E de que jeito? Com outro segurando a mão dele, guiando nos cortes e golpes?

— Gemi, a prosa está boa mas você está muito mandão. Qualquer outro dia conversamos, mas não assunto de conserto — disse Manuel, e cruzou a porta para entrar em casa.

Geminiano saltou na frente dele, segurou-o pelo braço e disse, agora implorando:

— Seu Manuel, eu vou falar franco. Nunca tivemos questão até hoje. O que estou pedindo é um favor, não por mim mas pelo senhor mesmo. Não quero ver o senhor sofrendo por causa de uma pirraça. — Olhou furtivamente para os lados e acrescentou em voz baixa: — Aquela gente... o senhor não sabe quem é. Não queira cair na bigorna deles.

Manuel sacudiu o braço para livrar-se do aperto, pôs a mão no ombro de Gemi e disse como quem consola:

— Agradeço o aviso, mas gosto de matar minhas cobras eu mesmo. Está vendo minhas ferramentas aí na parede? Estão compradas e pagas, e só trabalham em serviço que eu escolho. Esse é o meu sistema. Não leve a mal, você que falou em sistema. Remendo de carroça não faço nem vivo nem morto.

Geminiano olhou-o com olhos tristes, que tanto podiam ser de pena como de inveja; sacudiu a cabeça devagar, suspirou e disse:

— Seu Manuel, quando o senhor estiver no aperto, lembre-se de que eu avisei como amigo. Fiz o que pude, mais não posso fazer. — Deu uns passos para sair, virou-se e completou: — Espero que o senhor seja tão teimoso com eles como foi comigo. Assim não podem me culpar de relaxo no cumprimento de ordem.

— Pode deixar que eu me arranjo — disse Manuel, e entrou sem mais cerimônia.

Geminiano subiu vagaroso na carroça, sentou-se e ficou pensando. Os olhos parados na garupa do Serrote nem piscavam. Minutos depois Manuel chegou à janela para olhar o tempo, Geminiano estava na mesma posição. Vendo-o ali sem rumo e sem ação, Manuel pensou no Geminiano antigo tão senhor de si, correto, respeitador dos direitos alheios. Que força teria conseguido transformar aquele homem inteiriço nesse inútil feixe de medos? Olhando para cima, para baixo, para as casas em frente, Manuel sentiu que não estava vendo o largo familiar mas um trecho de outra cidade, remota, inóspita, maligna. Manarairema estaria se acabando, se perdendo para sempre? Se estava, valeria a pena continuar vivendo ali? Não seria melhor vender a casa, juntar as ferramentas num caixote e sair estrada afora, trabalhando de fazenda em fazenda nos serviços que aparecessem?

Enquanto Manuel pensava, Geminiano mexeu na rédea, propositalmente ou por distração. O Serrote acordou e saiu arrastando a carroça em passos lerdos, como quem cumpre uma condenação sem prazo, sem esperança de livramento. Pensando bem, o Serrote não era o mais infeliz; ele pelo menos sabia, ou parecia saber; mas as pessoas?

Naquele dia Amâncio não exagerou na bebida, não teve tempo. Pelo meio da tarde, no voltar da carroça, um dos da tapera saltou na esquina do beco, endireitou a roupa e rumou para a venda. A festa lá dentro parece que o desconcertou: ele parou na porta, fez menção de voltar, reconsiderou. Amâncio pulou o balcão e veio recebê-lo.

— Grande honra! Dê as ordens, major.

Sem ligar à recepção, o homem entrou e olhou em volta, como querendo dizer que havia gente demais. Os outros entenderam o olhar, foram se levantando, espreguiçando, bocejando, coçando as costas, numa tentativa ingênua de dar a entender que iam sair porque queriam e não por estarem sendo expulsos. O homem arredou-se da porta para desimpedir a saída, e quando a última pessoa passou, ele olhou para o fundo da venda para ver se não restava alguém, depois chegou-se à porta e olhou o beco, não queria ver ninguém marombando nas vizinhanças; satisfeito com a inspeção, entrou e fechou a porta, como se fosse o dono da venda e Amâncio um simples acompanhante.

A conferência reservada não durou muito. As pessoas que tinham ficado escondidas na esquina olhando de meia cara viram os dois saírem discutindo, Amâncio falando mais, falava até enquanto passava a chave na porta, o outro só contribuindo com frequentes inclinações de cabeça entremeadas de frases curtas. Vendo que eles iam subir o beco, os espias debandaram depressa, ninguém queria ser apanhado naquele papel.

Quando alcançaram a casa de Manuel Florêncio, o homem da tapera parou como querendo entrar, Amâncio tomou a frente vedando a passagem. O homem quis afastá-lo, Amâncio empurrou-o delicadamente, mas com firmeza. Agora os papéis estavam trocados, quem mais falava era o outro, e Amâncio concordava de cabeça, sempre conduzindo o outro pela rua, o outro virando-se para trás quase fincando os calcanhares no chão para não ser empurrado. Por fim ele se conformou, Amâncio parece que venceu, eles continuaram a caminhada. Na ponte se despediram, Amâncio voltou muito preocupado, passando por pessoas conhecidas sem notar, não cumprimentando nem respondendo cumprimento, dando topadas frequentes e não ligando.

Nesse estado de espírito entrou em casa de Manuel Florêncio, entrou bufando, pisando forte. Parou no meio da oficina, pôs as mãos nos quadris e estourou:

— Você, hein? Com a sua mania de independente!

Manuel parou o serviço, olhou-o intrigado, esperou.

— Por que você não consertou a carroça?

Então era aquilo. Que tinha Amâncio a ver com o assunto?

— Não consertei nem conserto. Cada um sabe o que faz — disse Manuel, e voltou a cepilhar, desinteressado da conversa.

— Cada um sabe o que faz, uma penca. Se você soubesse, não tinha sido testudo.

Manuel largou o cepilho com brutalidade, ergueu a cabeça e disse taxativo:

— Amâncio, você manda na sua venda. Eu mando no meu serviço. Disso não abro mão.

Amâncio sacudiu a cabeça desarvorado, rodou na sala, parou no mesmo lugar.

— Está brincando com fogo, Manuel. Os homens estão por aqui com você. Com muito custo arranjei que dessem mais um prazo até amanhã. Você tem de consertar o diabo daquela carroça até amanhã, nem que seja preciso trabalhar de noite. Eu posso ajudar.

Manuel olhou firme para ele, de repente soltou uma gargalhada rara, pura, honesta; e tão forte que espantou um burro que pastava em frente.

— Está aí uma coisa que eu queria ver — disse ele ainda rindo. — Alguém me forçar a fazer um serviço que eu refugo. Só tem um jeito, Amâncio. É muitos homens me sojigarem, outros segurarem minha mão com as ferramentas e fazerem os movimentos por mim. Já pensou o trabalho que sai?

Amâncio experimentou nova tática:

— Somos amigos de muito tempo, Manuel...

— Somos. E o que é que tem isso? Você por acaso...

— Deixe eu falar. Somos amigos de muito tempo. Eu vim aqui pedir um favor. Conserte a carroça para mim.

Manuel apanhou novamente o cepilho, limpou os cavacos da fenda, falou:

— Quanto mais escuto falar em carroça, mais enjoo tomo de tudo quanto é apetrecho de roda. Não tenho nada com carroça, não mandei ninguém carregar areia em carroça, quem mandou que conserte. De mais a mais, não engulo aquela gente. E se você é amigo mesmo, não me fale mais nesse assunto.

Amâncio não se conformava. Insistiu, ameaçando:

— Quer dizer que não conserta mesmo? Quer dizer que vai aguentar o repuxo? Posso lavar minhas mãos?

Manuel chegou à janela, cuspiu para fora, voltou.

— Vocês são engraçados. Trabalho aqui o ano inteiro, ninguém quer saber se estou bem ou se estou mal, se estou comendo ou fazendo cruz na boca. De repente aparece aí um diabo de uma carroça quebrada e todo mundo fica em cima de mim insistindo pelo conserto, azucrinando e falando em castigo. Vou consertar carroça nenhuma. Vou escrever um letreiro bem grande ali na parede dizendo: esta oficina não aceita conserto de carroça. Assim, ninguém precisa perder o latim. E aguento qualquer repuxo, sim senhor. Ora essa! Em que terra nós estamos? Onde estão os meus direitos? Quem não deve não teme.

— Aí é que está o seu erro. Você fala como se não tivesse acontecido nada. Direitos? Que direitos! Quem não deve não teme! Tudo isso já morreu. Hoje em dia não é preciso dever para temer. Por que é que você acha que eu estou aqui pedindo, implorando, me rebaixando? Eu devo alguma coisa? E você já me viu com medo algum dia? Você precisa entender que não estamos mais naquele tempo...

Amâncio parou de falar, chegou à janela, olhou o largo com interesse, como quem se despede de um lugar antes de uma viagem demorada, com o cavalo já na porta arreado e o arrependimento de ir já doendo por dentro; e continuou falando para fora, indiferente à presença de Manuel Florêncio:

— Quem havia de dizer que Manarairema ia mudar em tão pouco tempo? Antigamente a gente vivia descansado, sossegado, dormia e acordava e achava tudo no lugar certo, não era preciso pensar nada adiantado. Hoje a gente pensa até para dar bom-dia. O que foi que fizemos para acontecer isso? Manuel, estamos mal.

Manuel olhou-o meio comovido, meio desconfiado. Aquele lado novo não esconderia alguma armadilha? Amâncio segurou-o pelo ombro e disse, quase implorando:

— Precisamos ficar muito unidos, compadre. Vamos atravessar uma quadra de muita dificuldade.

— Mas Amâncio, por que agora? Ou você está assustado com alguma outra coisa?

Amâncio baixou a cabeça e disse em voz mais baixa:

— Você sabe o que é que eu estou dizendo. Não pensei que chegasse a esse ponto, mas chegou. Caímos na ratoeira, e por enquanto não vejo saída.

— Não sei de nada. Você não está exagerando?

— Quem me dera que fosse tudo uma brincadeira, daquelas que a gente fazia antigamente. Mas eu estive lá. Antes não tivesse estado.

Ficaram calados por algum tempo, absorvendo a realidade de uma situação que eles nada tinham feito para criar e que nenhum deles sabia como remediar.

O silêncio do largo lembrava a tranquilidade antiga, mas vinha misturado com uma espécie de cheiro de perigo iminente. Uma borboleta grande azul-pomposa entrou tonta na oficina, esbarrou de raspão na parede, pousou no cabo de uma enxó. Os dois olharam para ela encantados, como se nunca tivessem visto uma borboleta igual, ou talvez estranhando que ainda pudesse haver borboleta no ar. Finalmente ela se despregou da enxó, tateou pela sala e escapuliu para o largo como chupada pelo ar da tarde, e eles ficaram mais tristes e preocupados.

Manuel respirou e disse com esforço, quase espremendo as palavras:

— Resolvi consertar a carroça.

Quebrando uma sua praxe antiga, Amâncio abraçou-o demoradamente, quis falar mas apenas engrolou algumas palavras que não chegaram a ser entendidas.

Em cada viagem de volta Geminiano trazia uma ou duas pessoas na carroça, os passageiros saltavam no largo ou numa rua e ficavam parados numa esquina ou na sombra do coreto, muito interessados nas pessoas que passassem, mas apenas para olhar; não falavam com ninguém, não cumprimentavam nem gostavam de responder cumprimento, se respondiam era de má vontade, para dentro. Até padre Prudente, que uma vez passou por dois desses homens e ingenuamente olhou-os esperando uma demonstração qualquer de respeito, recebeu de volta um olhar fixo, que não soube precisar se era de atrevimento ou de espanto.

As crianças sofriam muitas provocações desses homens. Um certo Mandovi, menino que vendia cigarros numa caixinha de sapatos, era uma vítima constante. Da primeira vez, tomando alguns daqueles homens por possíveis compradores, ele chegou-se e ofereceu a mercadoria. Um dos homens despachou-o com a mão, mas outro achou de investigar o que havia na caixa; só que em vez de perguntar, ou pedir para ver, como fazia toda pessoa nova na cidade, o homem foi destampando a caixa e soltando a tampa no chão na maior sem-cerimônia. Mandovi já não gostou, e para mostrar que não tinha gostado puxou a caixa do alcance do homem e abaixou-se para recuperar a tampa, ao mesmo tempo pensando se continuaria dando atenção àquela gente ou se a cortaria de vez. Quando se ergueu, passando a tampa na roupa para limpar a terra, sentiu-se agarrado pela gola, enquanto outra mão tomava a caixa.

Que poderia ele fazer, tão pequeno e magrinho, contra dois homens enormes, de barba na cara, se bem que um deles parecesse não participar da curiosidade do outro?

O homem segurou a caixa com a mão esquerda, ajudando com o corpo, com a direita retirou uma rodilha de cigarros, exatamente a maior.

— Isso o que é? — perguntou, rodando a rodilha na mão como se não soubesse, e sem olhar para o menino.

Mandovi teve vontade de responder que era pé de moleque, ou chouriço-pra-fazer-feitiço, mas procurou paciência e explicou direito. Mas o homem não estava interessado na resposta, e tentava arrancar com os dentes a linha que amarrava a rodilha.

— Não tira que vai espandongar tudo — avisou Mandovi já tarde. O homem já tinha arrebentado a linha de um lado, os cigarros aproveitaram para se livrar do arrocho, se abriram em flor, caíram por todos os lados em volta da mão do homem e se espalharam no chão.

— Agora paga. Desmanchou, paga — disse Mandovi, acreditando estar aplicando uma lei lógica que qualquer pessoa entenderia. Mas o homem soltou uma gargalhada de jogar o corpo para trás, e nisso largou a caixa, que caiu de lado e derramou as outras rodilhas no chão.

Mandovi esperou o homem acabar de achar graça; mas vendo que isso ia demorar um pouco, aproveitou o tempo para apanhar as rodilhas inteiras, deixando os cigarros soltos, que no seu entender não lhe pertenciam mais. Ainda rindo, o homem saiu andando com passos de bêbedo, pisando em cigarros, machucando rodilhas, e propositalmente ou não deu uma bicanca na caixa. Mandovi parou com as duas mãozinhas no chão, olhou e viu dois homens de muitas pernas, andaimes, vigas móveis tremendo, indo embora.

Sem pensar no que fazia, ele apanhou umas coisas no chão, pedras, paus, sabugos e foi jogando a esmo, com raiva, os baques fofos, os gritos, os homens correndo, as pedras não alcançando mais.

Quando chegou em casa, Mandovi pensou que alguém tivesse adoecido de repente, ou que o pai tivesse se machucado na oficina: muita gente na varanda conversando, perguntando, dando opinião. Mandovi já entrou assustado, a mãe correu para ele, abraçou-o:

— Com efeito, meu filho! Como você foi fazer uma coisa dessas?

O pai separou-se de um grupo que conversava diante da janela e falou enérgico:

— Mandovi, venha na oficina comigo.

Mandovi deixou a caixa de cigarros em cima da mesa, olhou para a mãe, não tomou conhecimento das outras pessoas. O pai chamou de novo, ele acompanhou-o pela escadinha do quintal.

Ninguém quis sair imediatamente; se seu Apolinário ia castigar o filho, eles queriam pelo menos ouvir os gritos. A mãe foi para a janela da frente para não ouvir, desejando que o marido não exagerasse no castigo, afinal de contas qual o menino que não faz uma travessura de vez em quando? Uma vizinha acompanhou-a para consolar, ela não escutava as palavras de consolo, estava de atenção voltada para a oficina ali ao lado da casa, não demoraria muito e Mandovi estaria gritando debaixo das chicotadas. Apolinário quando batia não alisava nem escolhia lugar, e ainda tinha a mania de bater com aquela tira de couro tão grossa e tão dura.

A vizinha falava, a mãe ia ficando impaciente, os gritos não vinham, alguma coisa fora do comum devia estar acontecendo.

Foi um susto para a mãe quando Mandovi apareceu ao lado dela já explicando por que tinha voltado com quase todo o cigarro.

— Você disse a seu pai? — ela perguntou depois de ouvir as razões.

— Disse sim senhora.

— E ele não fez nada?

— Não senhora. Disse que eu fiz o que devia.

A alegria da mãe nasceu e morreu ali mesmo na janela. Morreu quando ela compreendeu o motivo de tanta visita fora de hora: aquela gente esperava uma reação dos homens, e estava ali para assistir. Os homens não iam levar pedradas na rua e voltar mansinhos para casa. Apolinário dando razão a Mandovi agravou a situação, porque sabendo que o menino não tinha sido castigado, os homens iam querer eles mesmos aplicar o castigo, e sabe-se lá de que maneira.

Pelo resto do dia a casa esteve cheia de gente, uns se cansavam e iam embora, outros iam chegando de fresco, todo mundo se apertando na varanda pequena como para beijar o divino em pouso de folia, aquela zoada, gente se espremendo contra os móveis, ameaçando derrubar o pote de água que descansava num cepo alto num canto, a toda hora era preciso alguém protegê-lo do balanço, mas um pouco de água sempre derramava, fazendo lama no chão; gente pisando os pés uns de outros, pedindo desculpa e pisando de novo. Uma hora lá seu Apolinário perdeu a paciência e resolveu acabar com a furupa, bateu palma para chamar atenção e mandou que esquipasse todo mundo, disse que ali não tinha morrido ninguém por enquanto, graças a Deus, que fossem sacudir o corpo em algum serviçal como ele estava fazendo desde muito cedo — e foi pegando os chapéus que estavam nos cabides, em cima da mesa, no parapeito das janelas, na mão dos donos e pondo na cabeça das pessoas, às vezes o chapéu de um na cabeça de outro, e empurrando gente pelo corredor afora, cercando com os braços os que ameaçavam voltar.

A mulher achou boa essa providência, mas ficou envergonhada porque no meio do pessoal estavam umas amigas dela que não acharam jeito de ficar depois do que Apolinário tinha acabado de dizer.

— Conheceram, papudos! Agora você pode fazer a janta em paz — disse Apolinário à mulher. — Se precisar de mim, estou na oficina. E outra coisa, Serena. Convém não deixar o Mandovi sair mais hoje.

Dona Serena gostava daquele jeito despachado e confiante do marido, mas achava que ele estava sendo despreocupado demais em hora de tanta ameaça. Pensando e pensando nisso, ela se distraiu na cozinha e cometeu uma série de deslizes — queimou a mão numa panela, deixou o arroz esturrar, esqueceu a chaleira fervendo até a água transbordar e quase apagar o fogo. Ela não esquecia os homens da tapera e os males que eles pudessem fazer.

Quando Apolinário veio jantar, ela disse com muito jeito que seria melhor ele não sair de casa à noite.

— Por que agora? Eu não estou de resguardo.

— Eu morro de medo por causa disso que Mandovi fez.

— Tem nada não. O que ele fez foi bem feito.

— Meu medo é que os homens queiram tirar vingança.

— Tiram não. Se vierem arrastando mala, saem com ela espandongada.

Em vez de se acalmar com a bravata do marido, dona Serena mais se alarmou:

— Olhe lá, Apolinário. Tenho muito medo.

— Não tem motivo. Quem tem razão tem salvação.

— Tomara que seja.

Mas Apolinário acabou fazendo o sacrifício de não dar a sua voltinha de toda noite. Ao escurecer foi à oficina, apanhou um malho dos mais leves e trouxe para casa, e enquanto Mandovi puxava água do poço para encher as vasilhas, e dona Serena grosava palha para cigarros, ele ficou um pouco na janela fumando e respondendo os cumprimentos dos passantes; depois foi para a varanda e deitou-se enganchado na rede, com o malho ao alcance da mão. Naquela noite Mandovi ficou proibido de brincar no largo.

— Mas, mãe... que mal faz?
— Convém não. Falha hoje. Brinquedo não é serviço urgente.
— Se eles vierem, eu corro. Ninguém me pega na corrida.
— Por mim não vai. Só se seu pai deixar.

Chamado a opinar, Apolinário apoiou a mulher:
— Vai não. Sua mãe já disse, está resolvido. Pegue seu livro, vá estudar.

Não tinha jeito. Aquela noite estava mesmo perdida para Mandovi.

Parecia que o perigo tinha passado. Mandovi continuou vendendo cigarros contra a opinião de dona Serena e não teve nenhum encontro desagradável; chegou a passar perto de alguns dos homens, mas eles nem viram ou não ligaram.

Mas um dia, a caminho da praia para encher a carroça, Geminiano parou na oficina e deu um recado a Apolinário. Era para ele se apresentar na tapera.

Apolinário parou de tocar o fole para escutar melhor, indagou:
— Como é que é?
— É pra você se apresentar na tapera. Estão chamando. — Apolinário veio caminhando para a porta, limpando uma mão na outra.
— Eu me apresentar na tapera? A troco de quê?
— Eu mesmo não sei. Eles mandaram dar o recado, estou dando.

Apolinário olhou para Geminiano sentado na carroça, brincando sem jeito com o chicote, com certeza para não ter que encarar o destinatário do recado, e sentiu uma mistura de pena com desprezo; pensou, resolveu ficar só com a pena.

— Agradeço o seu trabalho, Gemi. Mas não tenho nada que fazer lá. Combino serviço é aqui na oficina.

— Eles não querem combinar serviço não. Querem é falar com você.

— Então piorou. Se não é para encomendarem serviço, aí é que eu não vou mesmo.

Geminiano fingiu estar interessado no cabo do chicote, como se já não estivesse acostumado com ele. Por fim, fungou e disse:

— Se eu fosse você eu ia.

— Então vai, ora. Eu cá não vou não.

Geminiano pensou, desistiu de insistir.

— Bem, eu dei o recado. O que é que eu digo de volta?

— Diz que deu o recado.

Geminiano soltou a carroça rua abaixo, Apolinário voltou para o fole. E quanto mais pensava no recado, mais enfezado ia ficando. O atrevimento que se vê hoje em dia. Um homem está quieto no seu canto, aparece um trelente com um recado travesso. Quem tem queijo pra vender leva os queijos ao mercado. Ele é que não ia à tapera, primeiro porque não era cachorro para atender a qualquer assovio, e segundo porque, se os homens queriam fazer queixa de Mandovi, a conversa podia acabar em discussão, talvez em briga, e quem briga em casa dos outros perde a razão.

Apolinário não ia dizer nada em casa, mas quando chegou para o almoço percebeu que o assunto não era segredo. Dona Serena já o esperava com uma pergunta:

— O que é que você vai fazer, Apolinário?

— O que é que eu vou fazer? Vou lavar as mãos e dar de comer ao estômago.

— Não acho graça nenhuma. Eu falo é do recado que Geminiano trouxe.

— Ah, o recado? Já fiz.

— Fez o quê?

— Peguei o recado e mandei de volta. Comigo não, violão.

Ela mordeu o lábio, esperando; e quando viu que ele não ia explicar, falou:

— Estive pensando uma coisa...

Ocupado em lavar as mãos no lavatório no canto da varanda, ele considerou-se dispensado de perguntar em que ela estivera pensando. Se a gente for acompanhar medo de mulher...

— ... A gente podia ir passar uns dias no sítio de meu irmão até a calma voltar.

Apolinário enxugou as mãos, sentou-se à mesa, apanhou um garfo de dentes tortos, ocupou-se em desentortá-los.

— Vamos? — disse ela trazendo-o ao assunto.

— Não.

Ela meio assustou-se com a brusquidão da resposta; mas no silêncio seguinte recompôs-se e voltou:

— É perigoso ficar aqui, Apolinário...

Ele largou o garfo para lá e falou impaciente:

— Não tem cabimento uma coisa dessas, Serena. Então a gente vai se enfiar num rancho no meio do mato a troco de quê? Não matei ninguém, não furtei. E também não gosto de roça, você sabe que não gosto.

— É um sacrifício passageiro. Eu também não gosto de sair de minha casa, nem na rua eu quase não vou. Mas aqui agora eu sei que não vou ter sossego.

— Tem cabimento não, Serena. Eu não estou aqui, para o que der e vier?

— Mas eles são muitos, Apolinário. Tenho muito medo.

— Tem perigo nenhum. Eles precisam é de um bom fumo forte nas ventas, e já levaram. Se quiserem mais, esfrego mais. E vamos almoçar que é melhor. E esse menino que não vem? Mania de sumir na hora da comida.

Dona Serena chegou à janela, gritou para o quintal chamando Mandovi e foi providenciar o almoço, que comeram em silêncio.

Quando acabou, Apolinário enxaguou a boca com um gole de água do pote, cuspiu de esguelha na parede para não molhar o chão e voltou assoviando para a oficina.

À tarde Apolinário recebeu a visita de Manuel Florêncio. Manuel precisava de uma cunha para a lâmina de um cepilho, deu a medida, não tinha pressa. Puxou conversa.

— Muito trabalho, Apolinário?

— Pro gasto. E você lá?

— Vai indo. Muito remendo. — Manuel olhou em volta, completou: — E muita contrariedade também.

— Isso todos temos. Ninguém escapa. Padre Prudente diz que é o resultado do pecado de Adão.

— É. Mas parece que uns são mais perseguidos do que outros.

— Na parecença. No fim é tudo igual.

Manuel olhou-o, esperando que ele se abrisse. Apolinário espalhou um pouco mais de carvão no fogo, tocou o fole. Não estava querendo falar.

— Ainda anteontem me aconteceu uma... — disse Manuel. — Você não soube?

— Soube não. Passo o tempo aqui amarrado, sem muita vaza de saber das coisas — desculpou-se Apolinário.

Manuel encostou-se no cepo da bigorna, trançou as pernas, cruzou os braços, contou o caso do conserto da carroça. Quando terminou, Apolinário deu mais umas bombadas no fole, atiçou os carvões.

— Está aí uma coisa que eu não fazia — disse por fim. — Trabalhar forçado, não tem perigo que o degas aqui não trabalha.

Manuel sorriu triste, desapontado por não poder dizer o mesmo. Ele também pensava assim antes, mas teve de ceder. Quanto tempo Apolinário resistiria?

— Você não conhece aquela gente, Apolinário. Eles cercam de todo lado, apertam, põem a gente numa roda-viva. Você vai ver.

Apolinário olhou-o rápido, desconfiado. Então ele sabia do recado?

— Comigo perdem o tempo. Meu ofício é malhar ferro.

Manuel pensou no seu ofício de cortar madeira, comparou os dois materiais. A diferença teria algum efeito na resistência das pessoas que lidam com um e outro? Bobagem. Pau é pau, ferro é ferro; e gente é gente. Um homem vai ser ferreiro ou carpinteiro ou sapateiro é por acaso, como aconteceu com ele, Manuel. O pai era carpinteiro, ele teve também de aprender o ofício, para ajudar; não podia ficar o tempo todo zanzando sem ocupação. Vai ver que com Apolinário aconteceu do mesmo jeito. Mas será que não entra a força da vocação? Muitos rapazes quiseram aprender carpintagem com ele, mexeram, viraram, largaram; não aprendiam nem pegar as ferramentas.

E será também que o costume de lidar sempre com o mesmo material entra ano sai ano não vai influindo na alma da pessoa, contagiando moleza ou dureza? Reparando bem, parece que cada um vai apanhando cara do ofício que desempenha.

Pensando nisso ele olhou para Apolinário. A cara cheia, quadrada, de carne dura, parece que posta em pedacinhos, acalcados à força; a testa larga, com um caroço de cada lado, como inchaços encravados; o nariz grande bem enterrado na cara, os olhos pequenos para não gastar muito espaço; o queixo largo, de ponta entortada para a frente; o pescoço quase da grossura da cabeça. Essa cara de Apolinário não poderia nunca ser cara de latoeiro, por exemplo. Latoeiro era João José, miudinho, ratinho, ombros estreitos de menino, mãos miúdas, não precisavam ser grandes para cortar folha, coisa tão mole. João José, enroladinho, lustroso, resmungão, de vez em quando se rebelando e arranhando os que lidam com ele.

E ele, Manuel? Mole como madeira no ferro? Às vezes querendo fingir dureza, inventando nós que a ferramenta não respeita, passa por cima e iguala? As mãos do carpinteiro, o corpo, a alma do carpinteiro não podem ser mais brutos do que a madeira. Em madeira não se trabalha batendo com força, com raiva; só lenheiro faz isso, mas lenheiro é quase igual ao machado que ele levanta e abaixa sem dó, sem consideração: basta olhar a cara de um lenheiro para se ver que ele não tem delicadeza nem tato: não precisa.

Ferreiro também trabalha batendo, pondo força. Mas tem uma diferença: ele tem uma medida a encher, um ponto a chegar, uma ideia a seguir; não bate para cortar nem rachar, bate para achatar, arredondar, conformar. Ferreiro trabalha fazendo, não desmanchando; e se desmancha é para fazer de outro jeito. Na brutalidade do ferreiro tem uma delicadeza escondida.

Manuel olhou novamente para Apolinário, notou a delicadeza das mãos fortes — tranquilizou-se. Apolinário ia dar muito trabalho antes de ceder; talvez nem cedesse. Seria bom, porque aquela gente estava mesmo precisando de uma lição.

— Cuidado com eles, Apolinário. Aquilo é gente manhosa.

— Tem nada não. Manha comigo não forma.

Manuel gostou de ouvir isso. Era uma garantia de que os homens não iam fazer um piquenique no quintal de Apolinário.

— Quando é que eu venho apanhar a minha cunha?

— Hoje mesmo fica pronta. Se eu sair de noite, deixo lá pra você.

Manuel despediu-se e saiu feliz por dentro. Apolinário ia dar trabalho aos homens.

Passando na venda, encontrou o assunto fervendo.

— Geminiano diz que ele não se zangou. Só fez dizer que não ia.

— Não foi só isso. Ele mandou outro recado dizendo que a distância era a mesma.

— Vai se arrepender. Os exemplos estão aí. Olhem Geminiano. O que é que você acha, Manuel Florêncio?

Manuel não respondeu logo; primeiro procurou um lugar para se encostar.

— Eu acho que Apolinário não vai ceder.

— Você falou com ele?

— Não. É opinião minha.

Ninguém falou por algum tempo, todos ficaram pensando nas consequências de uma segunda recusa de Apolinário — porque os homens na certa não iam deixar o assunto morrer. Por fim um lá opinou:

— Ele vai ser como os outros. Começa duro, acaba amolecendo. Não é, Amâncio?

Tomando a pergunta como uma indireta ao seu comportamento, Amâncio respondeu seco:

— Cada um sabe de si.

Cada um se encolheu em seu lugar, receando uma reação violenta; mas Amâncio enchia uma garrafa de querosene para um menino, ocupou-se com a lata, o funil e a garrafa, e mais não disse. Um dos presentes quis ajudar, e por falta de prática não deixou folga entre o funil e a garrafa para a saída do ar, o querosene sopitou, derramou-se pelo balcão e ainda molhou a mão do ajudante.

— Olhe aí, seu pateta! — disse Amâncio vingativo.

O homem atrapalhou-se mais ainda, levantou o funil completamente e o resto do querosene caiu no balcão, fazendo espuma entre as fibras da madeira velha.

— Agora limpe — disse Amâncio.

— Com quê? — perguntou o homem desapontado, atarantado.

— Sei não. Com a língua.

Os outros riram, esperando agradar Amâncio. Amâncio riu também, e quando se deu por satisfeito orientou:

— Bem feito, para não se meter a fogueteiro. Apanhe um saco velho lá dentro.

O homem obedeceu humilhado, foi lá dentro e voltou com um bolo de trapos; e para não fazer outra burrada, primeiro quis saber se aqueles panos podiam ser usados. Sem olhar, Amâncio respondeu que acabasse logo com a lambança.

Depois disso ninguém mais teve vontade de conversar, todo mundo só pensava num jeito de sair naturalmente; Amâncio não estava de boa disposição, e sendo assim o melhor era deixá-lo sozinho. Quando Manuel Florêncio levantou, espreguiçou-se e disse que ia chegando, os outros aproveitaram a vaza e saíram também.

Os dias se passavam e Apolinário não era incomodado. Geminiano descia e subia a rua com a carroça, se via o ferreiro na porta cumprimentava e seguia caminho, como se nada tivesse havido; Apolinário respondia com a cabeça ou com a mão e continuava o seu trabalho. Dona Serena foi se acalmando e não falou mais em irem para a roça, até já achava a ideia absurda, mal pensada. Na venda de Amâncio, nas lojas, nas ruas, Apolinário era apontado como homem de brio, uma lição para todos, um exemplo para quem quisesse seguir. Diziam que, se Manarairema tivesse mais uma meia dúzia de pessoas como ele, os homens da tapera aprendiam a pisar com mais cautela.

Com isso a oficina passou a ser frequentada por pessoas que imaginavam poder apanhar um pouco de coragem conversando com um homem corajoso. Apolinário achava aquilo muita falta do que fazer, falava pouco e dizia que não tinha feito nada de mais, apenas repelira um atrevimento, o que não é mais do que obrigação de quem quer ser respeitado; falava sem parar o trabalho, não queria que a tenda virasse mais uma venda de Amâncio. De mais a mais, muita gente estava encomendando trancas, trincos e espetos como se fossem grandes novidades, coisas nunca vistas antes.

Um dia Geminiano parou a carroça na ida, chamou Apolinário e entregou um papel dobrado em quatro, com o nome do destinatário escrito numa face. Apolinário estranhou a falta de envelope, todo mundo recebe carta dentro de envelope; será que eles achavam que ele não merecia o gasto de um? Em todo caso pegou o papel, virou-o na mão suja, não abriu.

— Está entregue.

— Não vai ler?

— Por ora não. Quando apanhar uma folga.

— Mas é que eu tenho ordem… — disse Geminiano meio sem jeito.

— E eu tenho o meu sistema. Já disse que está entregue. Quando tiver tempo leio — disse Apolinário, e entrou na tenda sem mais cerimônia.

— Então eu paro na volta — disse Geminiano, desapontado mas insistente.

— Pode parar se quiser. Mas não vou ler correndo.

Apolinário deixou o papel debaixo de um pedaço de ferro e foi cuidar da armação de sela que tinha prometido para aquele dia, só faltava entortar e prender o arco traseiro; o dianteiro e as quatro traves já estavam prontos.

Armação de sela parece que não tem ciência, mas tem. Se os arcos ficarem muito fechados, quando for colocado o suadouro a sela não encaixa direito no lombo do animal, fica alta, e com o peso da pessoa vai forçando o lombo para baixo e acaba fazendo pisaduras; e se ficarem muito abertos, a sela desce demais e aí o que sofre é o fio do lombo.

Apolinário esquentou o ferro e foi dando a curvatura devagar, comparando com o modelo de madeira já aprovado e elogiado por todos os fregueses. Estava ainda dobrando a última ponta para prender a última trave quando Geminiano voltou do rio. Apolinário já tinha esquecido o assunto, mas ao ver Geminiano se lembrou.

— Ah, o seu papel. Acredita que ainda não vi?

Geminiano irritou-se com o descaso.

— É assunto importante, Apolinário. Você parece que não está compreendendo.

Agora quem se irritou foi Apolinário. Jogando martelo e armação para um lado, mesmo com o risco de desconjuntá-la, caminhou para a porta e falou alto e explicou:

— Importante pra mim é o meu serviço. Quando me der na veneta, eu abro o papel e leio. Serve assim? Se serve, muito bem. Se não serve, leve de volta. Aqui ele não faz falta.

— Não posso levar de volta. Foi mandado para você, e os homens estão esperando resposta.

— Estão esperando? Então puxem cadeira e sentem. Agora mesmo é que eu não vou ler papel nenhum.

— Pense bem, Apolinário. Você está caçando sarna sem necessidade. Eles já estão muito aborrecidos.

— É? Pois vão ficar mais ainda. Olhe.

Apolinário entrou pisando forte na oficina, apanhou o papel, jogou-o em cima das brasas, deu umas bombadas enérgicas no fole. O papel foi se murchando, retorcendo, amarelando, soltando fumaça, de repente deu um estouro abafado e uma chama única tomou conta dele.

De cima da carroça Geminiano esticava a cabeça para ver o que se passava, mas não conseguiu devido ao escuro da oficina.

— O que foi que você fez? — perguntou ele quando Apolinário voltou à porta.

— Queimei.

— Queimou? Sem ler? Gi, danou tudo! — E sacudia a cabeça desolado, como se tivesse assistido a uma tragédia sem remédio. — Apolinário, você agora se encrencou. — Olhou para Apolinário com grande pena, acordou o Serrote e saiu sacudindo a cabeça.

Apolinário terminou a armação e pendurou-a num gancho na parede, onde ficaria à disposição do dono, podendo também ser admirada por outras pessoas enquanto não fosse procurada. Serviço de ferreiro tem seu lado esconso. O ferreiro passa tempo sem fazer determinada peça. Um dia entra uma pessoa na oficina e encomenda uma trave de porta, por exemplo. O ferreiro faz a encomenda, o dono não vem logo procurar, ela fica pendurada na oficina. Aí todo mundo que passa e vê quer comprar. Não podendo, encomenda uma igual, e o ferreiro leva uma temporada só fazendo daquilo. Pensando nisso Apolinário resolveu parar outros serviços e fazer mais umas duas ou três armações de sela para aproveitar a influência.

Apolinário estava lavando as mãos no barril quando Amâncio entrou. Entrou e deu logo com os olhos na armação. Um bom começo de conversa.

— Especial essa armação. Muito bem equilibrada. É pra vender?

— Não. É encomenda.

— Hã. De quem?

— Um moço do Brumado.

— Hã. De primeira.

Tendo elogiado a peça, Amâncio achou que já podia entrar no assunto:

— Apolinário, você não podia ter feito o que fez.

Enxugando as mãos num molambo de camisa, Apolinário respondeu calmo, lúcido:

— Se eu fiz, é porque podia. Quando a gente não pode, não faz.

— Não me venha com filosofias. Você não podia fazer aquilo.

— Mas fiz. E agora?

— Agora eu fui obrigado a vir aqui para consertar.

— Quem obrigou? Eu não obriguei.

Amâncio procurou paciência num suspiro fundo, tentou de novo:

— Você agiu muito mal. Então os homens lhe mandam um bilhete, você pega e queima o bilhete sem ler? Onde é que estava com a cabeça? Fazer uma desfeita dessas, e logo com quem!

— E você se queimou por quê? Até parece que você estava dentro do bilhete.

Vendo que não estava progredindo, Amâncio experimentou outro ataque:

— Você não precisa ter tanto medo deles. Até que eles ainda não fizeram mal a ninguém. São gente educada, sabem conversar sem ofender. Você ia lá, conversava, se explicava.

Apolinário já estava achando graça no empenho de Amâncio, por isso não se zangou; falou até muito calmo:

— Amâncio, eu não quero lhe criticar porque não sei onde é que sua botina aperta. Mas eu cá não preciso sabucar ninguém e não tenho nada a explicar. Eles podem esperar até o chico vir de baixo que eu lá não vou. Se vierem aqui e falarem direito, posso atender; mas se vierem com rompantes, viram nos cascos na mesma hora.

Amâncio pegou o malho que estava no cepo da bigorna, examinou, avaliou o peso, largou.

— Apolinário, eu sou seu amigo. Por isso pondero. Você não perde nada em atender o chamado. Mas se ficar assim encasquetado, só pode se complicar. Os homens são pacientes, mas a paciência de todo mundo tem fim. Você ia lá enquanto é tempo, se explicava e ficava livre. Nem é preciso uma explicação minuciosa; basta dizer que você se distraiu e o vento jogou o bilhete no fogo. Você tem família, pense nela e não faça bobagem.

Apolinário deu a volta à bigorna, chegou bem perto de Amâncio, olhou-o de frente.

— Amâncio, você tem fama de valente. Eu não tenho. Nunca pratiquei valentias. Mas uma coisa eu digo: não entrego a palha sem primeiro ver a cor da chita. Comigo ela tem de ser tomada, e quem quiser tomar tem de vir para o terreiro. No grito eu não me entrego não. Se você veio aqui de embaixada, volte com a minha resposta.

Amâncio olhou para o chão, desapontado. Não gostou da referência à sua valentia, misturada com a indireta de se entregar no grito; mas ele estava ali numa missão de convencimento, não podia se alterar.

— Você está se arrepiando à toa, Apolinário. Eles gostam de resolver as pendengas amigavelmente. Veja o caso de Geminiano, o de Manuel Florêncio. Até hoje eles ainda não jogaram crista com ninguém.

— Porque todo mundo se agachou. Basta eles quererem uma coisa para as pessoas cederem tremendo.

Amâncio ficou calado, ciscando o chão com o bico da botina. Depois olhou triste para Apolinário e justificou-se:

— Não é sempre que a gente pode fazer o que tem vontade. Você ainda vai ver. — Caminhou até a porta, virou-se para dentro. — Então você não vai mesmo?

— Nhor não — respondeu Apolinário secamente.

Amâncio saiu derrotado, mas no fundo parece que satisfeito — pelo menos era o que se deduzia do seu caminhar desenvolto e animado.

Numa cidade sem segredos as notícias pulam cerca, varam parede, passam de janela a janela, de boca a ouvido com a maior presteza em conversas descansadas. Em hora de sol quente, quando todo mundo se recolhe e lá fora só fica o sol tinindo nas pedras e no branco das paredes, se uma pessoa vai andando pela rua e de repente se abaixa para apanhar qualquer coisa no chão, no mesmo dia a cidade fica sabendo que Fulano achou um dinheiro ou um objeto de valor. Cada um vive exposto a olhares atentos que se fingem de distraídos. Assim era também Manarairema.

Apolinário ainda não tinha terminado o jantar e toda a cidade já sabia do bilhete queimado e das verdades ditas a Amâncio. Por que Amâncio não reagira era assunto de muita conjetura. Qual teria sido a causa da mudança de Amâncio, e em tão pouco tempo? E por que o interesse dele em se intrometer na pendenga entre Apolinário e os homens? Se ele estivesse do lado de Apolinário ainda se compreenderia; mas tomar o partido dos outros, aconselhar Apolinário a ceder, imprensá-lo em proveito dos homens — tudo isso deixava o povo atarantado, desconfiado. Já no caso dos cachorros a atitude de Amâncio fora muito criticada. Além de ter achado graça naquela enchente de bichos, ainda zombou das pessoas que tentaram escorraçá-los, e não ficou nisso: passada a crise, andou fazendo indagações para apurar quem mais que chegara a levantar a mão contra eles. Mas se ele esteve adulando os homens na esperança de receber recompensa, tudo indicava que havia perdido o trabalho; não se sabia de nenhuma gentileza dos homens com ele; nem a reforma da venda, anunciada com tanto entusiasmo, ele ainda conseguira começar.

À noitinha, mesmo antes de acender a luz, dois homens entraram na venda. Entraram sem cumprimentar, nem com palavras nem com gestos, e ficaram olhando as pessoas presentes. A conversa cessou imediatamente, como acontece na escola quando os meninos estão brincando e o mestre chega.

— O dono? — perguntou um deles sem visar ninguém em particular, enquanto o outro, de cabeça erguida, olhava o tempo.

— Seu Amâncio está lá dentro.

— Deve ter ido ao quintal.

— Não vai demorar.

Tendo recebido três respostas solícitas, o homem deu sua ordem:

— Chama.

Os três informantes levantaram-se a um só tempo e correram para o fundo da venda, atropelando-se na portinhola do balcão, gritando o nome de Amâncio. Pouco depois voltaram os quatro quase correndo, Amâncio abotoando o cinto.

— Ah, sim senhores. Eu tive de ir lá dentro um instante — disse Amâncio se explicando.

Os homens nenhum comentário fizeram, talvez achando que o detalhe não tinha a menor importância, e que o importante foi Amâncio não os ter feito esperar. Um deles virou-se para os frequentadores da venda, que já haviam retomado seus lugares nos sacos e caixotes com a evidente intenção de ficar, e perguntou:

— Os senhores já fizeram suas compras?

Eles entenderam e foram saindo desapontados, meninos escorraçados da companhia de gente grande. Nisso a luz se acendeu. Amâncio deu boa-noite, os homens apenas inclinaram a cabeça para indicar que registravam a cortesia, e um deles fez sinal para Amâncio fechar a venda.

Claro que a venda estava sob vigilância, e muita gente viu quando os homens chegaram; e viu também quando Amâncio saiu apressado com o paletó nas costas, procurando as mangas para enfiar os braços. Deduzindo que ele ia buscar Apolinário, as pessoas que fingiam conversar na esquina foram andando disfarçadamente atrás, mas guardando uma distância razoável para poderem dar uma desculpa, caso fossem interpeladas; conhecendo Amâncio, elas não queriam ser apanhadas numa situação sem defesa.

Apolinário estava na esquina do pombal velho conversando com amigos quando Amâncio passou ventando, com jeito de quem ia tirar o pai da forca.

— Nem deu boa-noite. Onde será que ele vai? — disse um.

— Aposto que vai lá em casa — disse Apolinário sem se afobar.

— Então vamos chamar ele — disse outro, interessado em saber o motivo de tanta pressa.

— Eu não. Deixe ele perder a caminhada. Ele ganha pra isso.

— Ah, eu vou chamar. Amâncio! Apolinário está aqui!

Amâncio parou, pensou, olhou para trás. A luz da esquina era fraca e Apolinário estava na sombra do poste. Amâncio chegou-se franzindo a testa, olhando de baixo.

— Se eu fosse uma cobra, hein, Amâncio? — disse Apolinário saindo da sombra.

Amâncio fez de conta que não entendeu; e omitindo a presença dos outros, intimou:

— Vem comigo. Tem gente na venda querendo conversar com você. Vamos depressa.

Os outros chegaram-se mais perto para não perder a resposta.

— Conversar com quem? Conversar o quê?

— Ora, Apolinário! Com os homens! Eles estão chamando.

— E eles são manquitolas por acaso? Não podem vir aonde eu estou?

— Fique assim não, Apolinário. Estou falando sério. Vim para levar você. Vamos depressa que eles estão esperando. Tenha medo não.

Apolinário fincou os pés no chão, enfiou as mãos nos bolsos e falou zangado:

— Amâncio, eu não quero questão com você. Minha briga é outra. Se você acha que estou com medo, vá e diga a eles que estou tremendo de medo. Mas eu não vou lá porque acho desaforo. Recebo na minha tenda, na minha casa, ou aqui mesmo, se for assunto urgente. Mas onde eles estiverem me esperando eu não vou. Já viram isso? Encasquetaram que eu tenho de me apresentar como soldado na frente do comandante. Estou pra isso não. Tenho comandante não. Ora essa!

— Estão vendo? — disse Amâncio para os outros. — Os homens querem conversar com ele, vieram da tapera, vieram a pé, estão chamando com bons modos, e Apolinário fica assim. O que é que eles vão pensar?

— E o que é que você tem com isso, Amâncio? Você parece ama-seca deles. Me admiro você. Deixe Apolinário de cá, eles de lá, e saia do meio — disse um, que tinha acabado de acender um cigarro e soprado a primeira fumaça.

— É que eles me pediram. Estou só querendo ajudar. Vim dar o recado. Não vejo nada de mais.

— Então já deu o recado. Já entregou a carga. Agora pode lavar as mãos — disse Apolinário em tom definitivo.

Mas Amâncio não se conformava. Ele saíra da venda para buscar Apolinário. Com que cara ia voltar e dizer que Apolinário refugara o convite? Os homens eram renitentes, podiam se aborrecer e mandá-lo de volta com ordem de levar Apolinário de qualquer jeito. Mas de que jeito? Vivo ou morto? Não, não iam fazer isso. Por que agora? Mas queriam Apolinário na venda. Isso queriam. Amâncio não podia voltar sem ele. Com que cara?

— Me admiro você, Apolinário. Sempre fomos amigos. Lembra quando você esteve de cama com pneumonia e eu lhe forneci de tudo fiado? Agora que preciso de você, você tira o corpo fora. Pensa que a barriga dói é uma vez só?

Era verdade. Amâncio fora decente naquela quadra; mas tinha ele o direito de alegar isso agora? Quando apanhou aquela doença, Apolinário passou apurado, os cigarros de dona Serena não davam para nada, eles iam vendendo um objeto hoje outro amanhã — brincos, trancelins, até uma imagem de santo venderam, e quando iam vender as alianças do casamento Amâncio apareceu, passou uma descompostura e disse que ficaria zangado se Apolinário não mandasse buscar o que precisasse na venda. Foi um gesto bonito, Apolinário reconhecia. Agora Amâncio estava exigindo pagamento em outra moeda. Já que era assim…

— Está certo, Amâncio. Eu vou. Quem deve paga. Não tem dúvida não.

Uma vez vitorioso, Amâncio caiu em si, quis consertar:

— Eu não estou alegando o fiado que lhe vendi. Se você precisar, vendo de novo. Estou é lhe pedindo um favor em nome de nossa amizade.

— Já entendi, Amâncio. Uma mão lava a outra, não é isso?

Amâncio já sentia que não tinha ganhado uma vitória; pelo contrário, estava arrependido do papel que fizera na frente de outras pessoas. Tudo por causa daqueles homens, mal de seus pecados. Por que não fizera como Apolinário vinha fazendo? Agora era responsável também pela derrota de Apolinário.

Acompanhando Apolinário, que se despediu dos amigos e saiu na frente, Amâncio dava a impressão de que ele é que estava sendo levado à força para um encontro indesejado. Ao chegarem à venda, foi o próprio Apolinário quem empurrou a porta.

Os dois estranhos estavam sentados no balcão, as pernas pendentes. Sentados lado a lado, e munidos de facões apanhados do estoque da venda, um trabalhava uma caixeta de marmelada aberta no colo e o outro um queijo preso entre o braço e as costelas. Trocando fatias na ponta dos facões, eles iam casando queijo e marmelada e comendo com grande gosto, até as migalhas que caíssem nas pernas ou nas batinas de cada um (queijo fresco é muito quebradiço) eram catadas e comidas, aqueles não queriam perder nada. Nem com a entrada de Amâncio e Apolinário interromperam a merenda, apenas olharam distraidamente. Por fim um dos homens disse, ainda de boca cheia:

— Querem um taco? Comam. Especial.

Apolinário sacudiu a cabeça resolutamente. Amâncio hesitou, ia aceitar por gentileza; mas o outro estranho vetou.

— Ele é o dono, come quando quiser. Estes são só para nós.

Amâncio resignou-se a olhar, enquanto os homens comiam balançando as pernas. Apolinário afastou-se para um canto, apanhou um punhado de feijão de um saco, jogou na boca e ficou descascando os caroços com os dentes. O ruído parece que estava incomodando um dos homens, que olhava com reprovação para Apolinário: e vendo que ele não desconfiava, falou:

— Pare com isso! Parece cutia!

Apolinário ficou tão passado com a repreensão que de pronto não soube o que dizer. Mas olhando bem para o homem, e vendo-o ocupado em descascar uma fatia de queijo, já desinteressado de tudo mais, concluiu que ele falara por brincadeira, talvez para fazer graça; tanto que Amâncio estava rindo e imitando o mastigar nervoso da cutia, com a intenção transparente de agradar os homens. Apolinário aceitou a brincadeira sem se zangar; e para mostrar que não estava ligando, continuou a mastigar, exagerando um pouco no barulho.

Os homens acabaram de comer, limparam os facões e as mãos nas pernas das calças (quanto aos facões Amâncio disse que não era preciso, deixassem que ele lavava depois) e continuaram sentados, balançando as pernas e limpando os dentes com a língua.

Apolinário esperou que eles falassem, para ouvi-los ele fora chamado, mas eles continuavam aéreos, digerindo a merenda imprevista. Teriam mudado de ideia, ou estariam ganhando tempo para organizar o ataque? Apolinário espreguiçou-se e deu um bocejo de provocação — e nem assim os homens se mexeram. Amâncio resolveu tomar a iniciativa:

— Este aqui é o Apolinário, aquele ferreiro de quem falamos. Ele concordou em vir…

Os homens olharam aborrecidos um para o outro, depois para Amâncio, nada quiseram para o lado de Apolinário. Um deles passou a mão pelo cabelo, sugeriu:

— Fala você, Neiva.

— Por que eu? Fala você.

— Foi você quem fez questão. Agora fala.

Apolinário sentou-se num saco de feijão, cruzou os braços e ficou esperando que eles se decidissem. O homem chamado Neiva respirou fundo, como quem se prepara para mergulhar; ia falar, mas foi distraído por qualquer coisa que o incomodava nos dentes; pediu a Amâncio um pau de fósforo, lavrou-o meticulosamente com o facão que tinha ficado perto, extraiu o fragmento incômodo — com certeza uma semente de marmelo — e aproveitou o palito para fazer uma limpeza completa nos dentes, Apolinário esperando.

De fora vinha o sussurro de vozes das pessoas que tinham se aproximado para pegar alguma coisa da conversa. Neiva acabou de palitar os dentes, quebrou o palito na boca, cuspiu um pedaço fora, ficou chupando o outro. Por fim começou:

— Sim senhor, seu Apolinário. Como o senhor sabe, nós estamos aqui de passagem. Mas de uma hora para outra podemos resolver ficar.

Apolinário escutava atento; mas tendo mexido a cabeça involuntariamente, o homem interpretou isso como participação na conversa.

— O senhor sabe, não é? Pois é. Sendo assim, estamos tomando certas providências para facilitar o nosso trabalho aqui.

Apolinário vigiou-se para não fazer nenhum outro movimento. O homem estava tendo dificuldade em se explicar, e não era ele quem iria ajudá-lo. Só lhe interessava saber em que parte do plano ele entrava.

— Como o senhor sabe, e aqui o nosso Amâncio também, nós somos de muito longe, paus-rodados, como vocês dizem. Por isso temos de caminhar com muito cuidado para não pisar em abobreira de ninguém.

— Eu não disse? — interveio Amâncio. — O que foi que eu disse?

— Temos feito tudo para evitar desentendimentos, bate-bocas, essas coisas que só servem para criar inimizades.

Apolinário continuou calado, não queria falar antes da hora.

— Já sabemos que o senhor é um homem ponderado, correto, trabalhador. Continue assim, que está no bom caminho.

Apolinário achou o conselho bobo, mas continuou trancado, para não se comprometer, fazendo de conta que o homem estava falando de outra pessoa. O homem olhou para o chão, estalou os dedos, passou novamente a mão no cabelo.

— O senhor que idade tem? — perguntou de repente.

A pergunta embaraçou Apolinário. O que é que a idade teria a ver com o assunto? Mas não fosse por isso.

— Quarenta e um — disse de má vontade.

— E o seu menino?

— Dez. Nove ou dez. Quem sabe direito é a mãe dele.

— Ele já sabe as quatro operações?

O outro homem balançou a cabeça e falou bocejando:

— Está espichando muito.

— Você tem o seu sistema, eu tenho o meu. Favor não perturbar — disse o Neiva.

— Você está cansando o depoente sem nenhum proveito prático. Em vez de entrar logo no assunto, fica ciscando.

— Quer parar? Quer me deixar trabalhar? — disse Neiva olhando firme para o outro.

O outro pendeu a cabeça para o lado de Amâncio, sorriu sarcástico e disse:

— Ele quer trabalhar. Pensa que está trabalhando. Ai, meu pé.

Em vez de se zangar, como Apolinário e Amâncio recearam, Neiva sorriu e disse:

— Olhe que eu digo seu apelido. Se me enfezar eu digo.

O outro desmontou-se completamente, piscou muito para disfarçar, engoliu em seco e apagou-se. Neiva aproveitou-se da vitória e explicou:

— Ele tem um apelido engraçado. Não é, Chaves?

O outro continuava calado, a cabeça enterrada nos ombros, olhando firme para a frente. Neiva meteu a mão por dentro da camisa, pegou qualquer coisa entre os dedos, trouxe para fora; olhou bem de perto, esfregou nos dedos e limpou na calça.

— O senhor é natural de onde, Apolinário? É daqui mesmo?

O tal Chaves sacudiu a cabeça e fez uma série de muxoxos. Neiva olhou para ele, pensou e disse:

— Quer falar alguma coisa? Pode falar que eu dou licença.

— Está tudo errado — disse o Chaves. — Essa pergunta vem no fim. Olhe aí, seu Amâncio. Eu não disse que ele não podia fazer esse serviço?

— Então por que você empurrou pra mim?

— Pra ver você enleado. Pra acabar com a sua prosa.

— É? Então agora eu não pergunto mais nada. Acabou-se o interrogatório, pronto. Sr. Apolinário, o senhor está livre. Pode ir embora. Pode ir por minha conta.

Apolinário olhou para eles doido de vontade de rir, mas se aguentou. Não queria dar muita confiança àqueles bobocas. Rir a gente ri só com amigos. Com estranhos ninguém erra por excesso de cerimônia.

— Então, boa noite — disse Apolinário sem olhar para ninguém.

Amâncio olhou em volta depressa, apanhou uma lata de biscoitos e empurrou-a na mão de Apolinário já na porta.

— Leva para o menino. Ele gosta, não gosta?

Apolinário olhou o presente, resolveu aceitar em paga do tempo perdido; e quando pisou do lado de fora ouviu a porta batendo e a discussão explodindo lá dentro e a voz de Amâncio pedindo calma. Apesar de cansado e aborrecido com a patacoada a que o submeteram, não resistiu à vontade de rir e soltou uma gargalhada que ressoou no beco, pouco se incomodando que o ouvissem lá dentro.

Havia também os que não se importavam com os homens da tapera, ou achavam que podiam viver sem tomar conhecimento deles. Pedrinho Afonso era um desses. Trabalhando o dia inteiro na loja de seu Quinel, ouvia o que uns e outros diziam mas não se impressionava, não se interessava. Sabia que andavam ali uns homens de fora fazendo obras que ninguém compreendia; de vez em quando cruzava com alguns na rua, a princípio cumprimentou por delicadeza, depois deixou; aquela gente mal-educada não o interessava: primeiro porque não tinha tempo de andar atrás deles, como outros rapazes faziam; depois, havia Nazaré, um caso muito sério e absorvente. Duas, três vezes por dia Nazaré arranjava jeito de passar na porta da loja e olhar rapidamente para dentro; às vezes entrava para comprar fita, botões, ver se tinha fazenda igual à de uma amostra que levava, mas raramente calhava de ser atendida por Pedrinho, o que não fazia grande diferença porque ele a tratava com muita sisudez na frente de seu Quinel e dos frequentadores da loja; em todo caso viam-se, e isso bastava para justificar o dia.

Quando Nazaré saía da loja deixava atrás um cheiro manso de limpeza e os comentários dos senhores que faziam ponto lá; um falava na iminência de um casamento, outro achava que casamento para ela em Manarairema era difícil, só se fosse com alguém de fora; outro insinuava uma solução inconvencional com algum viajante, e citava exemplos conhecidos. Pedrinho ficava muito vermelho, disfarçava e ia fazer qualquer coisa nos fundos da loja, ou fingir que fazia.

O namoro seguia sem oportunidades, vivendo só daqueles encontros acanhados na loja e de olhares trocados de noite depois da reza, quando Nazaré voltava da igreja com a madrinha e passava pela esquina do pombal, onde Pedrinho ficava de guarda com outros rapazes; Nazaré olhava e sorria disfarçadamente e Pedrinho ficava sabendo que eles ainda eram namorados.

Havia namoros mais francos, de passeios na ponte à noite, de longas conversas nos portões dos quintais, de encontros aparentemente casuais em lugares pouco vigiados; Nazaré e Pedrinho sabiam disso, mas não estava neles modificar um namoro que nascera difícil, cercado, travado.

Mas um dia, no tempo das jabuticabas, tudo mudou sem esforço. Era domingo, Pedrinho ia passando pela estrada entre os quintais e o barranco do rio, viu as jabuticabeiras carregadas no quintal de Nazaré. Jabuticaba não faltava em nenhum quintal, mas aquelas estavam ali, tentando. Se o portão não estivesse trancado por dentro, como era o costume… Pedrinho experimentou o trinco, estava solto. Deu um empurrãozinho, o portão abriu.

Pedrinho já estava catando jabuticabas num tronco, escolhendo as mais graúdas e enchendo os bolsos para sair logo, quando uma voz falou:

— Aí, hein? Deixe madrinha saber.

Ele parou envergonhado, olhou em volta e não viu ninguém.

— Aqui, bobo.

Nazaré estava naquela mesma jabuticabeira, recostada num galho alto, os pés numa forquilha, o vestido enrolado nas pernas.

— Como foi que você subiu?

— Subindo.

— É? Pois eu quero ver você descer descendo.

— Não vai ver porque eu não deixo. Tinha graça.

Bastou isso para Pedrinho encabular-se. A vontade dele foi ir embora depressa, mas não seria grosseria demais, cavalice mesmo?

— Não precisa ficar vermelho. Basta virar as costas enquanto eu desço — disse ela, ajudando-o a sair do impasse.

Ele obedeceu depressa e ainda baixou a cabeça como garantia suplementar. Um galho estalou, jabuticabas caíram no chão fofo de gravetos e folhas secas, e logo Pedrinho sentiu na orelha o bafo da respiração de Nazaré. Virou o rosto para esse lado, ela já tinha passado para o outro. Experimentou de novo, ela ainda foi mais ligeira.

— Não precisa ficar se escondendo de mim que eu já vou — disse ele frustrado.

— Pra onde?

— Não é da sua conta.

— Hum, antipático. Só porque eu não quis que você me visse descendo não precisa ficar malcriado.

Ele sentiu um calor repentino nas orelhas e um formigamento em todo o rosto. Mulher parece que tira a vida para enfezar a gente. Que se deve fazer num caso desses? Xingar? Sair correndo? É melhor não fazer nada.

— Ih, bobo! É preciso ficar vermelho assim? Estou brincando.

— Não gosto desses brinquedos — disse ele emburrado.

— Qual é o brinquedo que você gosta?

— Nenhum.

A resposta escapou muito depressa, e agora era tarde: ele não ia emendar. Por culpa dele o namoro podia acabar ali, se Nazaré não o salvasse.

— Sabe o quê? — disse ela brincando com um botão do paletó dele. — Você é muito sisudo. Parece um padre. Bença, monsenhor.

Ele fingiu-se de muito indignado (era preciso fazer alguma coisa) e empurrou a mão dela com estouvamento.

— Você não repete — disse ele.

Ela aceitou o desafio com satisfação (queria brincar) e repetiu várias vezes — Padre! Padre! Padre Pedrinho! — com o rosto esticado para a frente, quase tocando o dele. Ele tentou pegá-la pelo braço, ela escapuliu, sempre provocando. A perseguição entre as jabuticabeiras, as fintas em volta de um tronco, a fuga para outro, as gargalhadas, as ameaças. Nazaré se escondendo numa moita de bananeira, Pedrinho procurando, encontrando. Agora que estava com ela bem segura pelo pulso, ele não sabia o que fazer.

— Peguei ou não peguei?

— Porque eu estava cansada. Solta que você está me machucando.

Ele soltou imediatamente. Desapontada, ela vingou-se:

— Você é bem mandado, não é?

Ele agarrou-a de novo, agora pela cintura, com os dois braços. Era a primeira vez que ficava assim tão perto de uma mulher, sozinho com ela. E agora? O que fazer para não estragar o momento?

Nazaré olhava para ele curiosa, ofegante, esperando. Era hora de não fazer nada que pudesse espantá-lo. Agora não podia haver recuo. Se houvesse, seria a derrota talvez irremediável para os dois. Que iria ele fazer?

O momento foi tão intenso que ela teve medo — de tudo, até de perdê-lo — e para resistir envolveu Pedrinho pela cintura, abraçou-o forte e escondeu o rosto no peito dele. Ficaram assim — quietos, sofrendo, vivendo, calados.

Sabiás cantavam nas jabuticabeiras, felizes com a fartura, enquanto mais longe galos e galinhas se entregavam a seu namoro estridente. Um cavalo relinchou do outro lado do rio e disparou em alegre galope pelos pastos tingidos de sol.

Quando Pedrinho teve serenidade bastante para sentir o cheiro do cabelo de Nazaré — não perfume de loção ou pomada, mas cheiro de cabelo puro — cabelo e pele e suor inocente, aquele halo que acompanha toda mulher na véspera do amor, mergulhou o rosto no fofo dos cabelos dela, abrindo-os instintivamente para chegar ao morno do pescoço. Ela ajudou-o com movimentos ondulantes aconchegantes, sabia que ele estava fazendo o certo. O aperto, a fúria, a raiva, a pressa, os beijos urgentes, meticulosos, adivinhados; a pressa, a fúria, o fôlego se encurtando, se acabando.

Onde estavam? Numa moita de bananeiras, entre abelhas e folhas secas e cheiros de quintal, debaixo de um céu festivo. Nazaré soltou Pedrinho e pediu que ele afrouxasse o abraço, ele obedeceu, estonteado. Ela alisou o vestido, respirou fundo, pôs ordem no cabelo, mas sabendo que logo teria de fazer tudo isso de novo.

Ficaram ali longo tempo calados, unidos, se reconhecendo, até que ouviram dona Bita chamando Nazaré. Então Nazaré se lembrou que tinha ido apanhar jabuticaba para a madrinha, e que a cuia que levara estava ainda vazia. Pedrinho ajudou-a a achar a cuia e a enchê-la, às pressas, sem escolher muito. Um último beijo sucinto e Nazaré subiu para casa quase correndo. Pedrinho saiu, fechou o portão devagar, com a meticulosidade de quem fecha uma arca, e foi envolvido por um mundo novo, amigo.

Perdido o acanhamento, eles perderam também a prudência. Encontravam-se em qualquer lugar, a qualquer hora, sempre com a intenção de não demorar, e acabavam esquecendo o tempo. Admirado da mudança de Pedrinho, seu Quinel franzia a testa e ia tomando nota dos atrasos para uma conversa enérgica em ocasião oportuna, caso o rapaz não caísse em si. Parentes de um e de outro lado advertiam, davam conselhos. Dona Bita ouvia denúncias e indiretas todo dia, já tinha medo de encontrar conhecidos e de receber visitas: a pessoa cumprimentava, perguntava pela saúde, criticava o tempo, tossia e soltava a informação. "Sabe, dona Bita? Vi sua afilhada lá no Beco do Rosário. Achei ela muito magrinha." "Dona Bita, eu sei que não é da minha conta, mas sendo sua amiga…" "Eu acho que a senhora deve tomar uma providência. Sua afilhada está ficando muito falada."

Assim iam os informantes prestando seus serviços, dona Bita ouvindo e se aborrecendo. Às vezes sentia vontade de se zangar, de pedir que deixassem os namorados em paz, mas não achava forças; compreendia que aquelas mulheres em sua aparente maldade estavam era querendo fazer o bem; talvez Nazaré e Pedrinho estivessem mesmo passando da conta. Não estaria ela por moleza ou comodismo deixando de cumprir a sua obrigação?

Quando ensaiou censurar a afilhada, a resposta — sensata — liquidou o assunto.

— É namoro, madrinha. Não estamos fazendo nada de mais.

— Então por que vocês não namoram aqui em casa, para evitar falatório?

— Falavam do mesmo jeito. E ainda ia ser pior. Iam dizer que a senhora estava ajudando.

Dona Bita pensou nessa possibilidade e achou que Nazaré tinha razão. Namoro é namoro, e sempre dá em falações. Bobo é quem liga.

Seu Quinel também sofria pressões em casa, mas ia defendendo Pedrinho na medida do possível. Um dia a mulher, alegando não poder mais passar com as filhas pelo Beco do Rosário por causa daquelas cenas, intimou seu Quinel a falar com Pedrinho.

— Mas eu não posso, Santa. Ele não é meu filho, não é nada meu.

— Não é nada seu? Então não é seu empregado? Patrão também tem direitos, ora essa! Você não paga a ele todo fim de mês? Pois tem o direito de exigir comportamento.

— Não posso, Santa. Não fica bem. Reclamei na questão dos atrasos, ele atendeu. Em assunto de namoro não posso me imiscuir.

— Se você não fala, falo eu. Você sabe que eu falo.

Quinel suspirou e prometeu ver o que podia fazer.

— Ver o que pode fazer, não. Você vai dizer a ele para acabar com essa pouca-vergonha. E não adianta me engambelar. Eu vou saber se você falou mesmo.

Quinel sofreu um dia inteiro procurando coragem para tratar do assunto. Não era que ele receasse alguma reação descontrolada; Pedrinho era um rapaz muito dócil, tímido até. Era o escrúpulo de se intrometer na vida particular do empregado. Ao escurecer, quando Pedrinho vestia o paletó para sair, seu Quinel chamou-o:

— Pedrinho, eu queria lhe fazer um pedido. Quando estiver passeando com Nazaré, evite o Beco do Rosário.

Pedrinho ficou olhando sem entender, um braço esticado para trás procurando a manga.

— O Beco do Rosário? Por quê, seu Quinel?

— Coisa cá minha. É um favor.

Pedrinho vestiu o paletó, esticou-o atrás, na frente, ajeitou a camisa por dentro da manga; não disse nada porque estava ainda procurando entender a razão do pedido.

— Você promete?

— Prometo, seu Quinel.

— E outra coisa: não diga a ninguém que eu fiz esse pedido.

Pedrinho saiu mais intrigado ainda. Aquele namoro estava mexendo com tanta coisa, oposição de todo lado, cada dia um aborrecimento. Nazaré também passava por embaraços iguais. Ah, se eles pudessem fugir para longe, onde não vissem ninguém nem fossem vistos, mas um lugar assim só podia ser o paraíso.

Passaram a se encontrar nos caminhos do outro lado do rio, onde só passava gente dos arrabaldes carregando lenha, vara para ranchos, raízes para chás diversos, pessoas que não se intrometiam, ou então meninos atrás de passarinhos, muito ocupados com seus laços e arapucas, sem tempo nem entendimento para vigiar namoro.

Também as relações de Nazaré com a madrinha foram ficando difíceis. Dona Bita achava que estava sendo deixada muito sozinha, muitas vezes que precisava de Nazaré ela não estava em casa, e demorava a aparecer. A princípio dona Bita quase não se queixava mas suspirava muito, denotando não estar contente com o rumo das coisas. Depois, não tendo com quem falar, deu para se abrir com o gato Fidalgo, um volume preguiçoso de pelo branco e olhos amarelos, que vivia dormindo em cima dos móveis, principalmente onde ela deixasse alguma peça de costura. Começando por falar com ele só quando estava sozinha, dona Bita se distraía e falava mesmo na presença de Nazaré. Nazaré ouvia, entendia, guardava; não queria passar recibo. E como numa casa cheia de suspiros e recriminações ninguém pode ser inteiramente feliz, as duas foram se separando cada vez mais, cada uma se fechando em seus pensamentos.

O primeiro atrito sério veio quando dona Bita quis reter Nazaré em casa para receberem a visita de uns parentes.

— Ah, não, madrinha. Não aguento aquela gente.
— Que mal eles lhe fizeram, menina?
— Nenhum. Mas aqueles meninos são tão enjoados!
— São meus sobrinhos. É mesmo que serem primos seus.
— Meus não. Não tenho primos bobos.

Dona Bita ficou calada digerindo a ofensa. Nazaré logo se arrependeu, mas achou que o dito infeliz estava dito e não merecia conserto.

— Tem horas que eu penso que você está ficando com raiva de mim — disse a madrinha sem levantar os olhos da costura.

Nazaré comoveu-se, desmentiu:

— Que bobagem, madrinha. Por que agora?
— Eu também não sei por quê. Procuro motivo e não acho. Mas é o que penso às vezes.
— A senhora não deve pensar essas coisas.
— Quem é que pode segurar o pensamento? Fico sozinha, os pensamentos vão chegando sem eu chamar. Procuro combater, me convencer que não é verdade, mas quando chega a hora de tirar a prova, você mesma me desmente.
— Mas eu não disse nada!
— Não é tanto pelo que você diz; é mais pelo que você faz.

Nazaré entendeu e ficou calada. O encontro com Pedrinho estava em perigo? Podia ela não ir? Dona Bita notou o embaraço, aproveitou:

— Basta eu fazer um pedido para você negar.
— Mas, madrinha, eu não preciso ficar por causa das visitas. Eles não vêm por minha causa.
— Você faz parte da família.

— Infelizmente — disse Nazaré sem pensar; e quando pensou se horrorizou.

Dona Bita parou bruscamente a costura e olhou para Nazaré, muda, magoada. Por fim falou:

— Esse é o agradecimento que você me dá. Eu bem podia ter passado sem ele.

Nazaré avançou para abraçá-la, dona Bita divergiu do abraço, ofendida. Tantos anos de dedicação repudiados com uma palavra. Era a verdade afinal vindo à tona, a verdade velha, escondida pelas exigências da gratidão, mas forte e atenta para aproveitar um cochilo da vigilância.

— Madrinha, eu não queria dizer isso. Não chore, madrinha.

— Como é que eu posso não chorar? Então eu não tenho sentimento? Você pensa que todo mundo tem o coração duro?

Enquanto procurava consolá-la, Nazaré foi desconfiando que o choro estava muito em desproporção com a mágoa, e que quanto mais agrado ela fazia, mais dona Bita chorava. Nazaré queria continuar falando, acalmando-a — a idade da madrinha, tanta bondade, a solidão em que ela vivia — mas alguma coisa muito forte nela não a deixava colaborar com a farsa; então ela apenas abraçou-se com dona Bita e não disse mais nada. O choro prosseguiu miúdo, sacudido, descabido. Por fim dona Bita levou um punho ao rosto, enxugou os olhos.

— Não ligue para mim não, Za. Eu sou mesmo uma velha boba. Pode ir para o seu passeio.

Toda a ternura que Nazaré vinha sonegando transbordou num derrame de beijos e abraços não mais repelidos.

— Sou uma velha boba — repetia dona Bita chorando mas sorrindo. — Tenha paciência comigo.

Nazaré e Pedrinho estavam de namoro na sombra de um bambuzal no caminho do Poço do Gado quando os homens passaram na caleche. Eram dois, um na frente guiando, outro sentado atrás esparramado, parece que cochilando. A caleche passou, rodou uns metros, parou. Os dois estranhos cochicharam lá entre eles, o que ia atrás esticou a cabeça para fora e chamou autoritário, natural:

— Vocês aí. Venham cá.

Os namorados ficaram olhando parados, sem entender. O homem repetiu:

— Vocês aí. Venham cá.

Pedrinho olhou para Nazaré, olhou para os homens.

— Eu?

— Os dois.

Pedrinho hesitou, pensando numa resposta que contrariasse mas não ofendesse.

— Vai lá — disse Nazaré, empurrando-o de leve.

Pedrinho foi andando sem vontade, na defensiva. O homem olhava sereno, esperando. Quando Pedrinho se emparelhou com a caleche, o homem falou:

— Você é Pedro Afonso.

Pedrinho confirmou só com a cabeça; não via motivo para ir se abrindo com aquela gente.

— E ela é Nazaré.

Nova confirmação muda. O homem parece que esperava algum sinal de espanto, ou pelo menos de curiosidade diante dessa demonstração de conhecimento; não o recebendo, recolheu o sorriso e falou com autoridade:

— Vocês não acham que escolheram um lugar impróprio para esse gênero de atividade?

— Não acho não — disse Pedrinho, fungando de raiva diante do atrevimento.

— Mas é. Não é, Osório?

O outro confirmou e ainda completou:

— E perigoso. Bambu dá cobra.

— Está vendo? — disse o de trás. — E dá cobra. Você não tem medo, menina?

— De cobra? Tenho pavor — disse Nazaré alarmada.

— Por que vocês não vão namorar na tapera? Lá é ótimo. Tem bancos, tem rede, vocês ficam à vontade; ninguém incomoda.

Pedrinho ainda não tinha se ajustado à nova situação, e o homem já propunha:

— Entrem aí. O cavalo aguenta. Não aguenta, Osório?

— Tem de aguentar. Ele não tem querer.

— Chame a moça. Eu passo para a frente — disse o outro, e foi logo saltando da caleche, e com a pressa deixou o chapéu cair. Pedrinho levantou o joelho para aparar o chapéu, ele escorregou pela perna e rolou para baixo da caleche. — Pode deixar — disse o homem. — Quando ela andar, eu apanho — como se Pedrinho estivesse se esforçando para apanhá-lo — o que não era verdade. — Chame a moça.

Pedrinho fez sinal para Nazaré, ela atendeu depressa, parece que só esperava o chamado.

— Você quer ir? — perguntou Pedrinho.

— Se quero! Vamos logo! Como é que se entra nisso?

O homem ajudou-a a subir, erguendo-a despachadamente pela cintura. Quando a caleche andou o homem apanhou o chapéu, limpou-o mal e mal, correu e saltou para a boleia, apertando-se ao lado do outro.

— Vocês ainda não foram lá — disse depois de instalado. — Vão gostar. Principalmente ela.

Os namorados nada responderam, desde que não era uma pergunta mas uma afirmação, ou mais, uma promessa.

A caleche rolou por estradas impróprias, rangendo traves, aos sacolejos, subindo e descendo, às bacadas e solavancos, misturados com gemidos e bufos do cavalo; por fim entrou na cidade. Ao atravessar o centro as pessoas viravam-se e inclinavam a cabeça para ver quem ia dentro, quando reconheciam os passageiros olhavam de novo para confirmar, alguns não acreditavam e davam uma corridinha atrás, não queriam ficar em dúvida.

— E essa! Você viu?
— Vão presos, será?
— Não, não tinham cara. Iam até alegres.
— Mas os da frente iam sérios.
— Porque são sisudos mesmo.

A caleche atravessou o largo arrastando olhares inconformados. Ninguém sabia entender aquilo, Pedrinho e Nazaré na caleche da tapera, satisfeitos como meninos em carona de caminhão. Foi grande o alvoroço nos grupos de rapazes, todos vestidos com suas roupas melhores, os sapatos bem engraxados, os cabelos sempre vigiados para não saírem da linha, os paletós abotoados, desabotoados, abotoados de novo para serem vistos em toda a elegância, os vincos das calças constantemente defendidos, todos muito preocupados com o bem vestir, se um fizesse feio, ou perdesse para outro, teria de esperar uma semana inteira para se reabilitar.

Perdida de vista a caleche, a conversa caiu no namoro de Pedrinho. Quem diria que aquele rapaz acanhado, sossegado, apontado como exemplo, acabasse pondo as mangas assim tão de fora, desafiando a cidade com aquele namoro agarrado?

— Tirou o pé do lodo.
— Aprendeu a não mandar para o bispo.
— Teve boa professora.

Moças passavam de braços dados cochichando, rindo e lançando olhares, entravam numa casa e logo saíam, sempre aos cochichos e risinhos, rapazes olhavam, pensavam no pai ou no irmão mais velho de cada uma e invejavam a sorte de Pedrinho.

Quando soube que Nazaré e Pedrinho tinham passado na caleche da tapera, dona Bita ficou inquieta. Ela não tinha nada a dizer contra aqueles homens, até gostava de ser cumprimentada por eles quando estava na janela, eles tinham o hábito de tirar o chapéu completamente, gesto que quase não era mais usado em Manarairema; mas, mesmo assim, com gente de fora — e meio esquisita em certas coisas, como naquela mania de falar em cochichos entre eles, de parar num lugar e ficar apontando uma coisa e outra, como medindo, avaliando, marcando — com gente de fora não se deve ter muita intimidade.

Dona Bita foi para a janela dos fundos, fez binóculo com as mãos e ficou olhando a estrada. A imprudência daqueles dois de se meterem no meio de estranhos, com tantos lugares outros para ir. Por que não se lembravam de ir à igrejinha de santa Bárbara no alto do morro? Era lá que iam os namorados de antigamente, não sozinhos, mas com a família da moça, levavam biscoitos, licor, apetrechos de café, os rapazes levavam violão, flauta, cavaquinho, cantavam e tocavam e só desciam de noite, com a lua clara. Hoje em dia ninguém quer aprender instrumento de música, não têm tempo ou acham bobo; com muito favor aprendem violão para tocar em botequins frequentados por mulheres sem preceito. Manarairema mudou muito. Dizem que é geral, que o mundo inteiro tem mudado, mas Manarairema mudou mais.

Dona Bita cansou-se de olhar, não viu a caleche: já devia ter passado. Não adiantava ficar na janela, dali não se via a tapera, só o arvoredo e a fumaça indicando atividade na cozinha. Aquela gente devia comer muito, o fogão da tapera não parava de fumegar e eles andavam sempre gordos e lustrosos. E as coisas que comiam, credo! Até orelha de pau, broto de bambu, umbigo de bananeira, queijo bichado, quanto mais bichado melhor (isso era difícil de acreditar, mas, se era mentira, o mentiroso era

Geminiano). Como é que se pode ter confiança em pessoas que desperdiçam o gosto comendo coisas tão esquisitas? E o mais triste era que certas pessoas de Manarairema estavam se esforçando por adotar aquelas comidas, obrigavam as mulheres a cozinhar broto de bambu, comiam fingindo estar gostando e repetiam para convencer; mas as crianças, mesmo obrigadas, cuspiam fora e largavam o prato.

Pensando bem, só as crianças de Manarairema é que estavam refugando as novidades trazidas pelos homens da tapera. A gente grande era cheia de prudências, de conveniências, de esperanças de vantagens, ou então de simples medo. Pessoas como Apolinário eram raras, e ficavam sozinhas, até as famílias vinham dar aqueles conselhos moles, baseados no olha-lá, pense-bem, é-melhor-ceder. Agora Nazaré lá com eles, não fosse ela também apanhar o vício de comer queijo bichado, aí é que elas iam se desentender feio, porque naquela casa ninguém pensasse em comer queijo bichado.

Tendo decidido isso, dona Bita acalmou-se. Estava na hora de vestir-se, pentear-se e ir para a janela esperar as visitas.

O dia dos bois

Fazia dias que os bois vinham aparecendo aqui, ali, nas encostas das serras, nas várzeas, na beira das estradas, uns bois calmos, confiantes, indiferentes. As marcas que mostravam nada esclareciam, ou eram desconhecidas na região ou muito apagadas, difíceis de ser recompostas. Bom: são bois vadios, desgarrados de boiadas; qualquer dia os donos vêm buscar, ou eles mesmos desaparecem assim como vieram — sem aviso, sem alarde.

Isso pensava-se, mas não foi o que aconteceu. Longe de ir embora, os bois se chegaram mais e em grande número. Ganharam as estradas, descendo. Atravessaram o rio, de um lado, o córrego, de outro, convergindo sempre. Em pouco já lambiam as paredes das casas de arrabalde, mansos, gordos, displicentes. Encheram os becos, as ruas, desembocaram no largo. A ocupação foi rápida e sem atropelo; e quando o povo percebeu o que estava acontecendo, já não era possível fazer nada: bois deitados nos caminhos, atrapalhando a passagem, assustando senhoras. As entradas do largo entupidas e mais bois chegando, como convocados por uma buzina que só eles ouviam; os que não cabiam mais no largo iam sobrando para as ruas de perto, para os becos e terrenos vazios. Abria-se uma janela para olhar o tempo e recebia-se no rosto o bafo nasal de um boi butelo. Uma pessoa ia ao quintal, entrava distraída numa moita, levava o maior susto da vida ao assustar um boi, que saía de arranco pisando plantas, arrastando ramos pendurados nos chifres. Dobrava-se uma esquina com pressa, caía-se de braços abertos nos chifres de um boi imprevisto.

Durante o resto do dia e ainda por toda a noite mais bois chegaram, pisando em tudo, derrubando casas de pobres, invadindo corredores de ricos, espremendo-se uns contra os outros, as cabeças levantadas para os chifres não embaraçarem, sem espaço nem para erguer o rabo na hora de defecar, a matéria saindo forçada pelas pernas abaixo, breando tudo.

Não se podia mais sair de casa, os bois atravancavam as portas e não davam passagem, não podiam; não tinham para onde se mexer. Quando se abria uma janela não se conseguia mais fechá-la, não havia força que empurrasse para trás aquela massa elástica de chifres, cabeças e pescoços que vinha preencher o espaço.

Frequentemente surgiam brigas, e seus estremecimentos repercutiam longe, derrubavam paredes distantes e causavam novas brigas, até que os empurrões, chifradas, ancadas forçassem uma arrumação temporária. O boi que perdesse o equilíbrio e ajoelhasse nesses embates não conseguia mais se levantar, os outros o pisavam até matar, um de menos que fosse já folgava um pouco o aperto — mas só enquanto os empurrões vindos de longe não restabelecessem a angústia.

Nas ladeiras os bois mais fracos caíam de puro cansaço com o esforço de se manterem de pé contra a avalanche que vinha forcejando de cima, caíam e iam rolando por baixo dos outros, derrubando mais alguns até alcançarem o amparo de um muro, um barranco, uma árvore, e aí ficavam moídos, quebrados, gemendo. As cercas e muros dos quintais, que resistiram bem nas primeiras horas, com o aumento da pressão acabaram cedendo; e como água represada que arrebenta comporta, os bois se despejavam para dentro aos trambolhões, pinotes, testadas, ávidos de espaço, arrasando plantações, espantando porcos e galinhas.

Nem dentro de casa as pessoas ficavam tranquilas. Aqueles que não tiveram a prevenção de fechar as janelas logo no início — a maioria — agora eram obrigados a viver e fazer tudo observados por dois, três pares de olhos bovinos, e às vezes ainda precisavam empurrar um chifre para um lado para poder abrir uma gaveta ou um armário.

Se não fosse a diligência dos meninos, que inventaram um jeito de andar por cima dos bois, as famílias teriam ficado sitiadas em casa, sem meios de comunicação com parentes e amigos. Descalços e munidos de uma vara tendo numa ponta uma plaquinha acolchoada, os meninos subiam numa janela, daí passavam para o lombo de um boi, e utilizando a vara como escora iam navegando por cima deles, transmitindo e recebendo recados e encomendas, apostando corridas uns com os outros. De vez em quando um menino pisava em falso, ou o boi se mexia ao ser pisado, e lá ia o menino para o fundo. Alguns conseguiam engatinhar por entre o crivo de patas, sujando-se nas bozerras, molhando-se nas poças de urina, sangrando as mãos e os joelhos nas pedrinhas do chão até alcançar o abrigo de uma vala ou os degraus de um portal; mas muitos se desorientaram, perderam o rumo, caíram no choro, assustaram os bois e acabaram esmagados por aquelas mãos de pilão de muitas arrobas de peso.

À noite ninguém conseguia dormir, não tanto pelo desespero dos berros de todo aquele gado encurralado, mas pelo receio de um estouro. Se houvesse estouro, as paredes na certa não resistiriam ao empuxo, qualquer casa por mais sólida acabaria inchando para dentro, nem adiantariam escoras; aluídas as paredes com os esteios, o telhado afundaria.

Na noite comprida, sufocante de berros, as pessoas passavam o tempo sentadas nas varandas bebendo chás e pensando no que teriam feito para merecer aquele castigo. Os homens fumavam sem parar, as mulheres rezavam todas as orações que conheciam para horas de aflição. De vez em quando uma mulher se levantava depressa e ia correndo à cozinha atender ao choro de uma criança pequena guardada dentro do forno, único lugar da casa que podia oferecer alguma segurança. Planos de defesa os mais absurdos — como o de eliminar os bois pelo envenenamento da água ou do capim — eram imaginados e logo abandonados pela falta de meios de execução.

As pessoas mais ponderadas procuravam acalmar as outras explicando que, se o presente era negro, a longo prazo a libertação era certa: tantos bois juntos não tinham condições de ficar ali por tempo dilatado; precisavam de pastagem e de muita água; e não as tendo, mais dia menos dia teriam de sair para as campinas de onde tinham vindo. Assim, os manarairenses só tinham de esperar e confiar. Se as paredes resistissem e os mantimentos durassem, em breve o povo estaria nas ruas festejando a recuperação de sua cidade. Lugar de boi é no campo ou no curral. Quem sabe se amanhã mesmo eles não evaporam?

Mas ao raiar do dia os bois ainda estavam lá, plantados, parados, atravancando. Os cidadãos otimistas que tinham esperado ingenuamente abrir a janela de manhã e encontrar a paisagem desimpedida davam era de cara com aquela extensão de lombos fumegantes de orvalho, formando uma espécie de toldo acima do chão, acompanhando as ondulações do terreno até onde a vista alcançava. O que teriam eles ido fazer logo ali, e quanto tempo ainda ficariam? A quem pertenciam, a quem obedeciam?

Com o avanço do sol o orvalho ia secando e o pelo recuperando o brilho, os bois iam despertando do torpor da noite e recomeçando o espreme-espreme, o empurra-empurra, o geme-

-berra. Os meninos passavam no seu novo brinquedo de pular boi, e iam dando as notícias.

— Tem boi até no altar da igreja. Já mascaram as toalhas e derrubaram os castiçais.

— O cemitério está assim de bois.

— A represa da usina está coalhada de boi afogado.

— O rio está entupido de bois, uns se equilibrando em cima dos outros.

— A ponte está vergada com o peso de tanto boi. Qualquer hora cai.

— Sabe os jatobazeiros da Grota do Ouro? Estão carregados de bois nos galhos. De vez em quando um despenca nas pedras.

— Todas as estradas estão tomadas. Ninguém pode passar.

— Na Rua da Palha não tem mais um rancho em pé.

As famílias não podiam mais ir ao quintal, faziam as necessidades em vasilhas velhas, jornal, caixas diversas e iam guardando aquilo num canto à espera de dias melhores. A água ia ficando escassa, os meninos não podiam reabastecer os potes e latas porque não havia jeito de se chegar ao chafariz, nem se sabia mais o lugar certo onde ele ficava; suspendeu-se o café e a lavagem de vasilhas, a pouca água restante era reservada para beber e cozinhar.

Ao entardecer do segundo dia, estando os bois ainda parados, imóveis, como fincados no chão, padre Prudente começou a receber apelos para fazer qualquer coisa para enxotar o gado — orações, ladainhas, coisas assim. A todo instante chegava um menino, saltava das costas de um boi para a janela, da janela para a sala, tomava a bênção, dava o recado e ficava esperando a resposta escorado na vara. O bom padre coçava a cabeça, olhava o campo de chifres espalhado em frente, prometia pensar no assunto. Por fim fechou as janelas e foi olhar a sua coleção de selos.

Mas agora os pedidos vinham de dentro de casa, José Balduíno e a cozinheira Maria Menina se alternando.

— Padre, benze os bichos. Só tem um tiquinho de água no pote — pedia a cozinheira.

— Vamos ver, vamos ver. Depois... — dizia o padre passando as folhas do álbum.

— Padre, enquanto essa boiada estiver aí pode morrer gente sem confissão — dizia José Balduíno.

— Força maior, Balduíno. Vontade de Deus.

— Mas não custa benzer. O povo está pedindo.

— Perigoso, Balduíno. Eles podem se espantar com os paramentos. Pense nas consequências.

Às vezes corria um boato e o povo se animava.

— Eles estão indo embora pelo alto do cemitério. Já tem grandes claros no campo de futebol.

— O pessoal da Água Limpa já está saindo de casa. Os bois de lá já foram embora.

Cada um ficava esperando o desafogo na sua rua, dava um prazo, corria à janela e voltava desanimado. Os bois continuavam parados, apertados como gravatás no cacho.

E os desmentidos não tardavam. Os meninos andavam por toda parte inspecionando e voltavam dizendo a mesma coisa, sempre: nem que os bois quisessem ir embora, por enquanto não teriam por onde passar: as estradas estavam tomadas a perder de vista, parecia que se podia ir a Quinta-Cruz, Paiol do Meio, Salvosseja, Jasminópolis pisando em costas de bois. O mundo era dos bois, não havia espaço para outros bichos, coitados dos tatus e preás, perdizes e sariemas, até as formigas, até os peixes, esses incapazes de nadar nos rios entupidos.

Mas como se diz que o veneno de uns é o banquete de outros, os carrapatos nunca passaram melhor. Viviam à larga, grudados na pele dos bois, engordando com afinco, em pouco tempo passando de pequeninos confetes pardos a bojudas cabacinhas azuladas. (Infelizmente para eles a boa vida durava pouco; mal engordavam, e já iam encher o papo de anuns famintos, só se salvando os que ficavam grudados na barriga dos bois.)

Aproveitando a disposição dos meninos o agente do correio organizou um serviço de recados para toda a cidade. Os meninos foram separados em duas turmas, uma para apanhar mensagens nas janelas e levar para a agência, outra para entregá-las no destino, podendo também receber e entregar pequenas encomendas. Assim, quem tinha um pouco mais de água em casa cedia meia garrafa ou uma xícara a quem estivesse sem nenhuma nem para fazer chá para um doente.

Quando os meninos chegavam em casa à noite só tinham forças para encostar a vara num canto antes de caírem exaustos em qualquer lugar. As mães vinham com um biscoito, uma batata assada, um pedaço de rapadura, olhavam o filho dormindo e não tinham coragem de acordá-lo; deixavam a comida perto, no chão mesmo que fosse, beijavam o rostinho cansado e voltavam para continuar sofrendo a noite ao lado dos maridos.

Vivendo como prisioneiros em suas próprias casas, as pessoas olhavam suas roupas nos cabides, os sapatos debaixo das camas e suspiravam pensando se voltaria ainda o dia de poderem usar aquilo novamente. As notícias não eram boas, de toda parte vinham informes desoladores. Por mais longe que os meninos fossem em suas viagens de inspeção pelas estradas, voltavam sem ter visto o esgarçamento da massa. Tinha-se a impressão de que o ar já estava faltando dentro das casas.

Quando os meninos paravam rapidamente em casa para descansar um pouco e comer qualquer coisa, iam contando o que tinham visto ou ouvido. Na Rua da Pedra um homem enlouqueceu, saiu de casa agredindo bois a murros, ficou imprensado, ninguém pôde socorrer. Na Rua das Roqueiras um homem quis andar por cima dos bois, como faziam os meninos, logo nas primeiras passadas escorregou e afundou-se. O parreiral de seu

Alípio não existia mais. No Beco da Pedreira Grande, atraídos pelo cheiro de urina do cueiro de uma criança que dormia no berço perto da janela, os bois comeram todos os panos do berço, depois descascaram completamente a pele da criança com a lixa da língua.

O desânimo já era geral. Todos compreendiam que Manarairema estava condenada, e que só um milagre a salvaria. Joaquim Rufino, o único preso da cadeia, ao ver a dificuldade que os meninos estavam tendo para supri-lo de água e comida, apanhou a viola, sentou-se no parapeito da janela gradeada e fez uma moda para os bois. Os meninos que ouviram gostaram, mas não souberam contar direito em casa. Joaquim não tirou cópia, seria trabalho perdido. Para que escrever os versos num papel com letra caprichada para ser entendida, se tudo aquilo estava para acabar? A cadeia também, com suas grossas paredes e suas grades de aroeira reforçadas com chapas de ferro, ia acabar; e o papel acabaria primeiro. Manarairema estava condenada.

Um dia muito cedo, com o tempo ameaçando chuva, Pedrinho Afonso passou das costas de um boi para a janela de dona Bita, pulou para dentro da sala e ficou debruçado no peitoril, o rosto escondido nos braços, o corpo tremendo. Quando dona Bita veio à sala por acaso, assustou-se de ficar parada e perder a voz. Um homem em casa, assim de repente, naquele dia! Mas lembrou-se que estava sozinha, não adiantava pedir socorro nem tinha para onde fugir. Procurou acalmar-se, olhou de novo e reconheceu Pedrinho.

— Valha-me Nossa Senhora, meu filho! Que susto você me deu! Você está doente? Você veio como?

— Estou doente não, madrinha. Estou cansado.

— Veio de onde?

— De lá.
— E ela? Que aconteceu com ela?

Ele quis falar, mordeu os lábios, deu de ombros.

— Você deixou minha menina lá? Sozinha com aqueles homens? Com efeito, Pedrinho!

— Ela me deu a tábua. Não vejo Nazaré desde domingo. Vim fugido.

— E ela?

— Lá com eles.

Dona Bita agarrou-o pelos dois braços, sacudiu-o forte, exigiu:

— Pedrinho, diga a verdade. O que foi que você fez com a minha menina?

Pedrinho baixou a cabeça e disse com voz de choro, com raiva:

— Eu não. Eles.

— Eles? Fizeram o quê?

— Fizeram. A senhora sabe.

— Pedrinho, fale a verdade. Eu dou parte de você.

Os dois olharam para o largo tomado de bois e compreenderam juntos a inutilidade da ameaça. Dona Bita retificou:

— Eu preciso saber, Pedrinho. O que foi que aconteceu com ela?

— Eles tomaram ela de mim. Levaram lá para dentro. Eu reagi. Muitos me seguraram. Gritei, xinguei, mordi. Eles me amarraram. Ela ajudou. Nazaré ajudou. Entupiram minha boca com panos. Ela ajudou. Me jogaram numa grota no quintal. Olhe as marcas das cordas. Me davam comida numa gamela no chão. Eu tinha de comer enfiando a cara, como cachorro. Ela ficava perto olhando, de vez em quando empurrava a gamela para longe com o pé, só para me ver me arrastar no chão. Hoje de madrugada manejei soltar as mãos, desamarrei as peias e fugi.

Dona Bita levou a mão à testa, sacudiu a cabeça.

— Nazaré fez isso? A minha Nazaré fez isso? Você não está inventando?

— Estou não, madrinha. Eu queria que a senhora visse como ela ficou. Parece outra pessoa.

— Ela não gritou, não teve medo dos homens?

— Medo? Que medo! Quando um deles deu a ideia de me amarrarem e tudo, a senhora precisava ver a alegria dela. Pulava e esfregava as mãos de contente, e ainda animava os outros.

Dona Bita levou a mão à boca e ficou olhando para o chão, passada. Pouco a pouco o rosto foi endurecendo, os olhos se apertando, os lábios se afinando. Por fim ela falou com ódio, entredentes:

— Eu sabia! Eu sabia que essa menina ainda ia me dar um desgosto grande. Nazaré nunca prestou. Desde pequena ela já mostrava o que era. Eu é que fechava os olhos para não ver. Inventei uma menina amorosa, agradecida, porque eu tinha precisão de uma pessoa assim para me fazer companhia. Pensando que eu não sabia, muita gente vinha me avisar, e ouvindo as críticas eu ficava mais teimosa. Sabia que os outros estavam vendo a minha mentira, e não queria dar o braço a torcer. Quantas noites passei rezando pedindo um milagre, pedindo a Deus para fazer dela a menina que eu tinha inventado. Fui uma boba, e agora estou pagando. Mas eu já estava ficando velha, sem tempo de começar de novo. Achei mais fácil fazer de conta que ela estava saindo como eu queria… Outra ilusão minha foi pensar que podia morrer antes… antes de qualquer desgosto grande com ela.

Dona Bita enxugou as lágrimas, poucas, e continuou olhando para o chão, como se esperasse que a solução para a crise pudesse vir dos vãos daquelas tábuas velhas, empenadas, rangentes, numa escrita qualquer que ela soubesse decifrar.

Pedrinho também estava perdido num emaranhado de pensamentos, mata fechada, sem luz, pernas de bois, umbigos, barbelas, lamaçal de bozerras e urina, chifres, berros, mundo mau.

— Pedrinho... Você não tem pai nem mãe. Fique morando comigo. Você será como meu filho.

As palavras de dona Bita foram assentando aos poucos, pelo eco da memória. Ele tivera grande dificuldade em chegar à cidade, muitas vezes pensara que não alcançaria o largo. Morar ali por quanto tempo? Um dia? Dois? Uma semana, se tanto? Como podia alguém ainda pensar no futuro, fazer planos? Futuro para Manarairema era a morte e o apodrecimento no esterco, depois a carniça dos bois cobrindo tudo, o sol secando, a chuva molhando, o lamaçal, os besouros, as formigas, as tanajuras, as minhocas, capim nascendo das sementes descarregadas no estrume, ninguém com vida para capinar e recompor e defender, o mato tomando conta, árvores crescendo dentro das casas, empurrando telhados, derrubando paredes, cobras fazendo ninho nos fogões, lagartixas morando nas fendas, cipós enleando tudo, Manarairema uma tapera. Adiantaria explicar isso a dona Bita?

— Aceito, madrinha. Fico morando aqui.

Ela abraçou-o, olhou-o bem e foi logo descobrindo o que arrumar no cabelo, na roupa, no rosto dele.

— Você precisava mudar de roupa. Esta camisa está muito suja. E olhe a calça, que imundície! Até parece que dormiu no chão. — E lembrando-se do que ele tinha contado, passou por cima: — Não tem água nem para lavar o rosto. Mas vou ver uma toalha para você se limpar mais ou menos.

Enquanto dona Bita foi providenciar a toalha ele se olhou no espelho grande da sala e quase se assustou. Quem estava ali não era ele, mas um rapaz que nunca chegaria a homem maduro, não seria marido nem pai de ninguém, não teria cabelos brancos nem sofreria de reumatismo. Seria um mal muito grande?

Dona Bita voltou com uma toalha úmida e começou ela mesma a limpar a testa, o rosto de Pedrinho, as orelhas por dentro e por fora, as mãos, os braços, o pescoço, parando de vez em quando para procurar os pedaços ainda limpos da toalha.

— Por enquanto você fica no quarto de Nazaré como ele está. Depois faço uma arrumação, tiro aqueles trens todos e jogo fora.

Ele ia perguntando "depois do quê", mas achou melhor não perturbar os sonhos da boa velhinha; e mesmo se ela estivesse querendo se iludir, não custava ajudar ficando calado.

— Ah, que cabeça a minha, credo! — disse ela. — Não lhe ofereci nada para comer. Também só tem rapadura e farinha. Serve?

Ele disse que não tinha fome, ela não tomou conhecimento e trouxe um prato com farinha e rapadura raspada.

— Só molhei um pouquinho por cima para não ficar muito seco. A água está no fim.

Ele sentou-se no canapé com o prato no colo, tomou uma colherada e distraiu-se olhando pela janela enquanto dissolvia a mistura na boca. Por que engolir aquilo sem fome, se em um ou dois dias não haveria mais o que comer?

Dona Bita pôs a mão no ombro dele e pediu, aconselhando:

— Não pense mais nela, Pedrinho. Ela não merece o nosso incômodo. Para mim ela já morreu.

Em vez de explicar, ele devolveu o prato.

— Não estou com vontade, madrinha. Mais tarde eu como.

— Então deite um pouco para descansar. Deite aí mesmo. Eu trago um travesseiro.

O resto do dia foi passado em madornas e sobressaltos. Frequentemente Pedrinho acordava assustado, ouvindo ainda o eco de pavores sofridos em sonhos horrendos — homens perversos praticando desatinos, bois com cara de animais medonhos arrasando o mundo em correrias desordenadas, soltando berros que pareciam gargalhadas. Ele respirava fundo, olhava os móveis da sala, os retratos e estampas na parede, alisava a palhinha do encosto do sofá para se convencer de que estava em ambiente inofensivo; fechava os olhos, dormia de novo — para acordar depois sacudido por novo sobressalto.

* * *

 Os meninos não apareciam mais em suas missões de estafetas, deviam estar exaustos, famintos, prostrados. Sentia-se que a cidade morria quietamente em toda parte. O relógio da igreja não batia mais, o peso de pedra que rodava o mecanismo da corda devia estar descansando no fundo do poço da torre, ninguém subiria mais a escada escura para girar a manivela e erguer a pedra, seria trabalho perdido porque dentro de pouco tempo não haveria mais nem horas para marcar. E era bom que o relógio ficasse mudo, suas batidas regulares seriam uma advertência indesejável, um motivo a mais de desespero.

 Quem ainda tinha ânimo para chegar à janela e olhar o céu via rodas esparsas de urubus voando alto, em giros preguiçosos, pacientes. Aqueles já haviam recebido o chamado e iniciavam o ritual. Com o avançar do dia eles viriam baixando, as rodas se juntando, a velocidade aumentando até a sarabanda final, seguida do pouso e da posse.

 Os cheiros misturados de chifres molhados, de pelo e de urina, despercebidos nos primeiros dias, agora empestavam o ar, tonteavam as pessoas. Dores de cabeça, enjoos e vômitos eram frequentes, principalmente nas crianças. Tudo o que se comia ou bebia, até aguardente, vinha com aquele cheiro azedo que o povo foi associando a cheiro de morte. Para abafá-lo queimavam casca de laranja, erva-cidreira, fumo, tudo o que encontrassem em casa ou pudessem apanhar no quintal debruçando-se na janela da cozinha.

 Enfraquecidas pela fome e pelos vômitos frequentes, as pessoas passavam a maior parte do tempo deitadas, caladas, olhando as telhas, as paredes, sem ânimo até para pensar. As cadeiras em volta das mesas, os bancos, os armários, as vassouras atrás das portas, as estampas de santos nas paredes, os potes vazios nos cantos pareciam sobrevivências inúteis de uma época já distante e irrecuperável. Tudo ia perdendo rapidamente o valor. Um chapéu que caísse do cabide ficava no chão, ninguém se importava, o esforço de apanhá-lo seria maior que a sua utilidade. Suspirava-se muito em toda parte e ninguém se comovia, os suspiros de um não interessavam aos sofrimentos íntimos dos outros, eram meros comentários à desesperança geral. Manarairema já estava no limiar da morte, e só um milagre a salvaria.

A noite baixou solene, final. Quase ninguém acendeu as luzes, poucas eram as casas onde ainda havia o que iluminar. Também, se a noite única não ia tardar, pouca diferença podiam fazer algumas velas e candeeiros. Na cidade resignada e espectral só alguns choros de meninos e assovios de curiangos varavam a barragem de berros arrogantes. Ninguém mais prestava atenção ao que se passava fora, os bois não saíam mesmo, o que se queria era dormir, esquecer e estar preparado, a vida restante tinha de ser vivida dentro de cada um, as portas já estavam praticamente fechadas. Por isso poucos notaram os primeiros sinais, e mesmo esses não deram maior atenção.

Primeiro foi um desassossego entre os bois, um estremecer de lombos e barbeias, um escorvar de pés no chão; depois os berros cruzados, de aviso, de chamado. Houve quem acordasse com o barulho desusado, mas ninguém ousava esperar nada, exceto encontrar tudo na mesma na manhã seguinte, os bois lá fincados, teimosos, definitivos, como há dias, há meses, há anos, talvez há séculos, sufocando a cidade, separando amigos, fazendo as pessoas esquecerem a cor do chão, os acidentes do terreno, confundirem as distâncias e os caminhos e imaginarem como seria uma cidade só de gente, sem o constrangimento de tanto boi.

Os que ouviram os sinais não ligaram e voltaram a dormir. Dormir pelo menos era um ato que ainda se podia praticar à revelia dos bois. Mas de madrugada o silêncio foi um choque. Onde estavam os berros, os bufos, o socar de lama, o chacoalhar de chifres e — acima de tudo — o peso da presença angustiante? Aquilo lembrava o silêncio repentino que a água corrente faz no meio da noite, um silêncio ilusório porque água não seca de repente, não estaca nem volta à origem; é um capricho da natureza, do ar, da noite; nenhum motivo para alarme.

Mas o silêncio durava, e mesmo dentro das casas, no escuro dos quartos, o ar era leve, limpo, desimpedido. Ruídos distantes já esquecidos — uivos de cachorros, tinidos de grilos, frutas caindo nos quintais, todos esses ruídos que compõem a noite normal — chegavam nítidos, reais, não mais perdidos na massa de pelo e pele, músculos e ossos, chifres e berros.

De repente, a descoberta. Gente não se contendo e abrindo janelas, ainda receosa mas já esperançada. O espanto, a incredulidade — a alegria. O céu claro, as ruas limpas, o luar purificando o lamaçal de esterco e urina. Era possível? Era verdade? Gente chamando gente, sacudindo gente, arrastando gente para ver, todas as janelas se abrindo, por todos os lados a claridade, o desafogo. Gente rindo, gente pulando e se abraçando e dançando na lama, gente se vestindo às pressas e correndo para a rua, esmurrando as portas dos vizinhos, gritando, chamando, disparando armas de fogo. Gente aparecendo nas janelas, esfregando os olhos, não acreditando, querendo saber como foi, quem fez. Gente cantando desafinado nas ruas, atolando-se com batina e tudo, bandos correndo daqui para ali, inspecionando, reconhecendo, apalpando, meninos correndo ao chafariz com baldes e potes, entrando vestidos debaixo da bica, dando banho uns nos outros e achando muita graça apesar da friagem da madrugada. Gente correndo às vendas, comprando tudo fiado para uma ceia urgente, fogões se acendendo nas cozinhas, foguetes e roqueiras estourando em toda parte, uma orquestra apareceu em passeata, novos instrumentos foram se somando, Joaquim Rufino gritando como louco atrás das grades, tanto vivava como xingava, o juiz teve pena e mandou soltá-lo para o festejo, era caso até para indulto, no dia seguinte seria encaminhada a petição.

Ninguém quis perder tempo falando nos homens da tapera, se alguém se lembrou deles foi de passagem, o momento era alto demais para miudezas, agora era festejar e tocar para a frente, quem não gostasse que se recolhesse e tapasse os ouvidos.

Às vezes a lua era vedada por uma massa escura de nuvens, mas isso não diminuía o entusiasmo do povo. Meninos acenderam fogueira na porta da igreja, gente grande reuniu-se em volta para aproveitar o calor, apareceram garrafas em várias mãos, até meninos provaram, ninguém censurou porque a noite era de todos, merecida. Os cachorros também, tanto tempo presos em casa, ou amarrados para não espantarem os bois, saíram para comemorar a desocupação, pulavam em volta dos donos, montavam uns nos outros, rosnavam e se mordiam de brincadeira, metiam-se em correrias por entre as pernas das pessoas e não sofriam ralhos nem pancadas, reconhecia-se que eles também tinham direito de estar alegres.

Alguém chegou com uma manta de carne-seca, outro apareceu com uma corda de linguiça, os meninos saíram para providenciar espetos, no largo mesmo havia muito pedaço de taquara espalhado (a questão era achá-los na lama) e num instante carne e linguiça chiavam nas brasas. Atraídos pelo cheiro, os cachorros pararam o bodejo e vieram sapear a ceia. Quem não tinha faca nem canivete ia comendo com a mão mesmo. Os cachorros bocavam os pedaços que caíam dos espetos improvisados, engoliam de uma vez e ficavam atentos esperando mais, sentados no rabo.

Lerdos de sono, os meninos foram saindo para casa, alguns homens também pretextaram cansaço e se despediram até amanhã. Quando a fogueira adormeceu por falta de lenha muitos já tinham ido embora. Os poucos que ficaram, de cócoras em volta da fogueira morrente, olhavam as brasas esbranquiçadas, bocejavam e pensavam. Ainda não era hora de falar, de conferir ideias. A manhã já vinha chegando, voltavam as apreensões. O passado já estava vencido, bem ou mal. Até o medo, aguentado sabe-se lá como, era agora um ganho. Mas os males ainda inéditos, o trabalho de passar a vida a limpo, as revisões, o desentulho… — saberiam eles aproveitar certo as lições?

Um tição resvalou, caiu, quebrou-se estralejando fagulhas por todo lado. Um homem levantou-se, espreguiçou, bocejou esticando-se nas pontas dos pés.

— Bom, minha gente. Vou chegando.
— Também vou. — Eu também. — Eu também — responderam os outros, e foram se levantando, se espreguiçando, estalando juntas.

Um se lembrou de prestar homenagem aos restos da fogueira urinando em cima das brasas dormentes, outros acharam a ideia boa, imitaram, mais para ouvir o chiado da urina na cinza quente. Depois cada um enfiou as mãos nos bolsos, encolheu os ombros para proteger o pescoço do frio e tomou o rumo de casa.

O dia seguinte amanheceu chuvoso, uma chuvinha de peneira fina. Uma poalha acinzentada cobria os morros, o rio, à distância, dando à paisagem uma feição de mundo nascente, bezerro recém-lambido, ainda molhado da língua materna. Sentadas perto do fogão nas cozinhas enfumaçadas, as pessoas bebiam café ouvindo as queixas dos sabiás nas jabuticabeiras. Ninguém lamentava o estorvo do tempo, aquela chuva era um pretexto para passar a manhã em casa descansando, dando balanço.

Dona Bita estava na cozinha fritando toucinho, um pedaço que Pedrinho fora buscar na venda de Amâncio Mendes com um velho guarda-chuva de mulher, felizmente não havia ninguém lá para zombar. Quando dona Bita se virou para apanhar o caldeirãozinho de guardar gordura, foi aquele susto de ficar parada, a boca aberta, o coração ausente. Nazaré tinha entrado em casa encharcada, entanguida, com um lenço de chita na cabeça, espirrando e tossindo. Entrou apalpando, hesitante, sem a certeza de ficar, por isso nem tirou o lenço. Vendo a afilhada ali parada, desamparada, escorrendo água pelos cabelos, pela roupa, os pés metidos em chinelos grandes, talvez de homem, dona Bita amoleceu.

— Menina do céu, onde está o seu juízo? — disse ela afinal.
— Olhe só a sua roupa! Toda molhada, até os cabelos! Você adoece, menina! Vá mudar esse vestido, enxugar esse cabelo. Tome um escalda-pés e calce uma meia. Vou esquentar a água. — E para não dar tempo a explicações tratou de ocupar-se atiçando o fogo, pondo mais água na chaleira, procurando canela no armário para fazer um chá.

— Madrinha... Eu vim para ficar — disse Nazaré, com receio de que a madrinha não tivesse entendido assim.

Mas dona Bita não entendeu foi a explicação. Parou embaraçada com o embrulhinho de cascas de canela na mão.

— Para ficar...?
— Se a senhora quiser. Se a senhora deixar.
— Ora essa, menina! Que ideia! Pois aqui não é a sua casa? Para onde você queria ir?
— Sei não. Eu... Me perdoe, madrinha. — E caiu num choro soluçado enquanto procurava a mão de dona Bita para beijar.

— Agora não é hora disso — disse dona Bita enérgica. — Vá mudar essa roupa depressa, que eu não quero ver você doente. E não saia do quarto. Levo o escalda-pés e o chá.

Estava novamente às voltas com o fogo quando se lembrou, e foi avisar:

— Você hoje dorme comigo. O seu quarto está ocupado.

Nazaré estava muito cansada, muito derrotada para fazer perguntas. Só o que ela queria era ser aceita de novo, e isso parecia assentado. Foi para o quarto de dona Bita e começou a se despir.

Amâncio Mendes não esperava muita freguesia com a chuva, mas mesmo assim abriu a venda e ficou meio sentado no balcão, olhando o beco. O que mais o preocupava no momento era a esterqueira dificultando o trânsito. Nas ruas as pessoas sempre davam um jeito de passar sem pisar em cheio na lama, aproveitavam um murundu aqui, uma laje ali, um tufo de capim; mas no beco estreito tudo ficou coberto, sem alternativa. Quanto tempo levaria o sol para endurecer aquele godó depois que passasse a chuva, chuvinha de moenda que não dava para lavar a obra dos bois? E mesmo depois que o sol secasse tudo, por muito tempo ainda ficaria a poeira fina, moída pelos cascos dos animais e levantada pelo vento, lembrança amarga dos tristes dias passados. Com aquela poeira se imiscuindo por toda parte, Manarairema custaria muito a voltar ao que era, se voltasse.

Manuel Florêncio parou na porta, livrou-se dos tamancos altos feitos para aquela emergência e entrou descalço na venda. Amâncio ficou tão contente que saltou do balcão e foi receber o amigo.

— Compadre! Compadre! Então!

Manuel sentou-se num saco de milho, levantou uma perna para baixar a barra da calça, depois a outra; não queria ficar parecendo roceiro.

— Então, compadre. Chuvinha paulina, hein? — disse Amâncio.

Manuel tirou o chapéu, sacudiu-o e deixou-o de copa para baixo no chão para ir escorrendo.

— A mim não estorva. Meu trabalho é dentro de casa.

— Já pegou de novo?

— Dei lá umas cepilhadas para não perder a mão. — Virou a cabeça para a porta e comentou: — Esta lama aí, hein? Vai custar a secar. Deve ter mais de um palmo de altura.

Amâncio olhou também, não para a lama do beco, mas por cima, para tudo o que estava adiante e além.

— Secar não é nada. Pior vai ser o resquício. Vamos ficar com ele no goto por muito tempo, pode ser que até pelo resto da vida.

— Vai ser bom para as hortas — disse Manuel, sempre com um olho para ver o lado bom das coisas, das situações.

Lá pelo meio do dia o céu foi se limpando em partes e o sol aparecendo embaciado, cauteloso. As pessoas olhavam para cima e não se sentiam tão oprimidas, aqueles rombos na névoa parece que ajudavam a respirar melhor. Gente aparecia nas ruas já sem o incômodo dos guarda-chuvas, formava grupos aqui e ali, procurava engatar conversas mas não conseguia se desprender da lama, os riozinhos esverdeados que se formavam na pasta de esterco, o líquido procurando escorrer para algum lugar, encontrar saída, eram uma atração para todos, alguns até ajudavam com uma varinha, abrindo regos na lama com a aplicação de quem faz um trabalho importante, uns davam opinião quanto ao traçado, outros participavam das obras apenas mentalmente, condenando ou aprovando sem abrir a boca; a preocupação geral era libertar a água de sua prisão de lama.

Estavam nisso quando Geminiano apareceu com a carroça, vinha devagar por causa da carga, alta de apetrechos de casa, até um colchão se via por cima de tudo, balançando uma ponta mal acomodada. O Serrote, coitado, penava para puxar o peso, e ainda tinha de levantar alto os cascos, como marchando, para não sentir tanto o contato da lama. Mas Geminiano vinha assoviando, cumprimentando todo mundo à direita e à esquerda, bem assanhado. As pessoas respondiam com reserva, ou ficavam na intenção de responder, não davam trela; a conduta recente de Geminiano estava ainda muito viva na lembrança de todos.

Na esquina do pombal, onde havia um grupo grande de gente nos degraus, ele parou a pretexto de dar uma arrumação na carga; desceu, mexeu aqui, ali, empurrando, puxando, esmurrando: finalmente deu-se por satisfeito, apesar de não ter alterado nada, limpou a testa e puxou conversa.

— Felizmente estiou, hein? — disse ele para todo o grupo, por precaução.

— É exato — disse um mais delicado.

— Laminha azeda. Vai custar a secar — disse Geminiano, animado com a primeira resposta.

Dessa vez ninguém respondeu. Geminiano inspirou fundo, soprou o ar pelas bochechas, exagerando o ruído.

— Na tapera tem muita coisa boa. É só apanhar — informou ele para agradar.

Ninguém entendeu logo, todos o olharam intrigados. Vendo que estavam interessados, ele completou:

— Os homens foram embora.

— Foram nada!

— Para onde?

— Por que agora?

— Foram quando?

Geminiano juntou as perguntas e deu uma resposta só:

— Abriram o pala de madrugada.

— Mas por quê?

— Acho que foi de medo. Andavam muito assustados.

— Medo de quê?

— Sei lá. De tudo. De nós. Quero dizer, de vocês.
O pessoal trocou olhares incrédulos. Podia ser? Tinha cabimento? Não seria invenção de Geminiano?
— Acredito não. Ele está falando soprado. Mandaram ele dizer isso — avisou uma voz do grupo.
— Juro por Deus. Quero ficar cego se estou mentindo. — E para comprovar, mostrou a carroça carregada. — Já passei a mão no que me interessou. É pra pagar o que fizeram comigo. Cambada de tratantes.
Os outros trocaram olhares irônicos. Geminiano notou e defendeu-se:
— Tratantes. Não cumpriram o combinado, nunca. Se não fosse a mulher se matar no forno e na costura, até fome a gente tinha passado lá em casa.
— Por que não largou o serviço então?
— Porque não matei meu pai a soco. Pergunte a Amâncio por que ele não cantou de galo perto deles. Olhe ele aí. Pergunte só.
Amâncio vinha chegando cauteloso, catando caminho na lama. Não alcançou a conversa, nada lhe perguntaram. Ele subiu a calçada onde estavam os outros, limpou o solado da botina nas pedras. Olhou a carroça carregada.
— De mudança, Gemi?
— De mudança pra minha casa. Graças a Deus.
— Ele diz que os homens foram embora — informou um.
— Foram? Até que enfim — disse Amâncio como se já esperasse a notícia. Foram quando?
— De madrugada.
— Foram mesmo? Todos? Não ficou ninguém?
— Ninguém. De vivente só ficaram as galinhas e os porcos — disse Geminiano.
— Deixaram? Ah, vou buscar pra mim. Vamos buscar pra nós? — propôs Amâncio corrigindo-se.

Não houve interesse, ele também desistiu.

— É mesmo. Pra quê, não é? Estamos livres deles, chega. Vamos deixar os bichos sossegados.

— Ficando lá eles morrem — disse Geminiano instigando.

— Morre não. Galinha no mato tem muita defesa. E porco vira catetu.

O relógio da igreja rangeu as engrenagens, bateu horas, lerdo, desregulado. Já estavam erguendo o peso, acertando os ponteiros. As horas voltavam, todas elas, as boas, as más, como deve ser.

Sugestões de leitura

BASTOS, Alcmeno. "Insondáveis são os desígnios do poder: a ficção de José J. Veiga". *Metamorfoses 1*. Rio de Janeiro: Edições Cosmo; Cátedra Jorge de Sena da UFRJ, out. 2000.
CAMPEDELLI, Samira Youssef; AMÂNCIO, Moacir. *José J. Veiga*. São Paulo: Abril Educação, 1982.
CARNEIRO, Neriney Meira. "A configuração do insólito literário em obras de J. J. Veiga". *Revista Alere*. Programa de Pós-Graduação em Estudos Literários PPGEL, ano 4, v. 4, n. 4, 2011.
CASTELO, José. "José J. Veiga trabalha nos limites da fantasia" (Entrevista). *O Estado de São Paulo*, 4 out. 1997.
CASTELO, José Aderaldo. "Do real ao mundo do menino possível". *Jornal de Contos*. Disponível em: http://www.e-net.com.br/contos/jj03.htm. Acesso em: jun. 2000.
CAUSO, Roberto de Sousa. "Temas históricos na ficção científica brasileira". *D. O. Leitura*, 12 (138), nov. 1993.
COHN, Sérgio; PROENÇA, Ruy; WEINTRAUB, Fábio. "Cachimbos, candeeiros e outros fetiches" (Entrevista). *Revista Azougue*, v. 1. Disponível em: http://www.azougue.com. Acesso em: jun. 2000.
COMITTI, Leopoldo. *Teatro das sombras: leitura de um romance de José. J. Veiga*. Dissertação de mestrado. Belo Horizonte: Faculdade de Letras/UFMG, 1989.
DALCASTAGNE, Regina. *O espaço da dor: o regime de 64 no romance brasileiro*. Brasília: Editora Universidade de Brasília, 1996.

DANTAS, Gregório. "José J. Veiga e o romance brasileiro pós-64". *Falla dos Pinhaes*, Espírito Santo do Pinhal, SP, v. 1, n. 1, jan.-dez. 2004. pp. 122-42.
FERNANDES, José. "As (en)fiaduras do absurdo". *Letras em revista*, v. 1, n. 112. Universidade Federal de Goiás, jan.-jun. 1990.
_____. "Os ponteiros do absurdo". *Estudos*. Pontifícia Universidade Católica de Goiás, v. 34, n. 2 (2007).
_____. "O relógio Belisário: um romance do absurdo". *Verbo de Minas Letras*. Juiz de Fora, v. 7, n. 14, jul.-dez. 2008.
FIGUEIREDO, Carlos E. S. "Olhares e literaturas". *Revista Humanidades*. Brasília, UnB, n. 18.
FIGUEIREDO, Maria do Carmo Lanna. "A instauração do fantástico em *Os cavalinhos de Platiplanto*, de José J. Veiga". *O eixo e a roda*. UFMG, n. 2, jun. 1984.
FISHER, Almeida. "A criação ficcional". *O Estado de São Paulo*, 22 dez. 1974.
_____. "A cidade dos fantasmas". *O Estado de São Paulo*, 1 dez. 1985.
FONSECA, P. C. L. "José J. Veiga e o fantástico da inocência organizada". *Suplemento literário Minas Gerais*, Belo Horizonte, 6 e 13 jun. 1981.
GOULART, Audemaro Taranto. "Kafka e José J. Veiga: conjunção e disjunção". In: *A conversão da leitura*. Belo Horizonte: Fumarc/PUC-MG, 1985.
GUIMARÃES, Denise A. D. "A narrativa brasileira contemporânea e o tempo mítico". *Estudos brasileiros*, n. 10, Curitiba, 1980.
JASINSKI, Isabel. "O elogio da flexibilidade: atualidade do romance histórico em *A casca da serpente* e *La guerra del fin del mundo*". *Fragmenta*, n. 14, Curitiba: Editora UFPR, 1997.
LODI-RIBEIRO, Gérson. "Uma história sertaneja alternativa". Disponível em: http://www.geocities.com/SoHo/Cafe/6258/veiga.html. Acesso em: 1 maio 2001.
MACHADO, Cassiano Elek. "José J. Veiga diz que não é criação de Kafka" (Entrevista). *Folha de S.Paulo*, 17 jun. 1999.
MAJADAS, Wania de Sousa. "A alma de um relógio: *O relógio Belisário*, romance de José J. Veiga". *Estudos*. Pontifícia Universidade Católica de Goiás, v. 34, n. 2 (2007).
MALARD, Letícia. "Romance sob censura". *O eixo e a roda*, v. 5. Belo Horizonte, 1986.
MARTINS, Wilson. "Romances e Contos - I". *O Estado de São Paulo*, 16 jan. 1960.
_____. "Um realista mágico". In: _____ *Pontos de vista*. São Paulo: T. A. Queiroz, 1994. v. 8.
_____. "A nostalgia utópica". In: _____ *Pontos de vista*. São Paulo: T. A. Queiroz, 1995. v. 11.

MARTINS, Wilson. "A maldição de Canudos". In: _____ *Pontos de vista*. São Paulo: T. A. Queiroz, 1996. v. 12.

_____. "Fuga da realidade". In: _____ *Pontos de vista*. São Paulo: T. A. Queiroz, 1997. v. 13.

MEDINA, Cremilda de Araújo. "Abre-se um novo tempo de ficção". In: _____ *Posse da terra*: Escritores brasileiros hoje. São Paulo: Imprensa Nacional; Casa da Moeda, 1985.

MIRANDA, Fernando Albuquerque. "Aspectos do mágico e do maravilhoso no conto 'A espingarda do rei da Síria', de José J. Veiga". *Darandina revisteletrônica*. Anais do Simpósio Internacional Literatura, Crítica, Cultura v: Literatura e Política. 24 a 26 maio 2011. PPG Letras UFJF. Disponível em: http://www.ufjf.br/darandina/files/2011/08/Aspectos-do-m%C3%A1gico-e--do-maravilhoso-no-conto-A-espingarda-do-rei-da-S%C3%ADria.pdf. Acesso em: 30 nov. 2014.

MIYAZAKI, Tieko Yamaguchi. *José J. Veiga*: de Platiplanto a Torvelinho. São Paulo: Atual, 1988.

MORAES, Maria Heloísa Melo de. "*Os cavalinhos de Platiplanto*: o possível trânsito entre o infantil e o adulto". *Leitura*, n. 19. Maceió, jan.-jun. 1997.

NEPOMUCENO, Luís André. "De cachorros, homens e bois: poder e violência em José J. Veiga". *Trama*, v. 3, n. 5, Marechal Cândido Rondon, Programa de Pós-Graduação em Letras: Linguagem e Sociedade da Universidade Estadual do Oeste do Paraná, 2007.

OLINTO, Antônio. "Três contistas". In: _____ *A verdade da ficção*: crítica de romance. Rio de Janeiro: Companhia Brasileira de Artes Gráficas, 1966.

PARKER, John. "Aquele mundo de Vasabarros". *Colóquio/Letras* n. 76, nov. 1983.

PINHEIRO, Nevinha. "José J. Veiga: realidade ou fantasia? Uma homenagem aos seus 70 anos". *Suplemento Literário Minas Gerais*, 1 jun. 1985.

PÓLVORA, Hélio. "A arte de levitação no mágico José J. Veiga". *Jornal do Brasil*, 27 maio 1972.

PRADO, Antonio Amoni (org). *Atrás do mágico relance*: uma conversa com J. J. Veiga. Campinas: Editora da Unicamp, 1989.

PROENÇA FILHO, Domício (org). *O livro do seminário* (Ensaios). São Paulo: L. R. Editores, 1983.

RANGEL, C. "José J. Veiga, escritor brasileiro". *Revista Escrita* (1): 4-7, São Paulo, Vertente Editora, 1975.

RESENDE, Vânia Maria. "O fantástico e maravilhoso na obra de José J. Veiga". In: _____ *O menino na literatura brasileira*. São Paulo: Perspectiva, 1988.

RICCIARDI, Giovanni. *Auto-retratos*. São Paulo: Martins Fontes, 1991.

RODRIGUES, Milton Hermes. *José J. Veiga: fantástico e dissidência*. Dissertação de mestrado. Assis, Universidade Estadual Paulista, 1991.

RÖHRIG, Adriana. "Os dilemas do homem moderno em *A hora dos ruminantes* de José. J. Veiga". *Literatura e autoritarismo*. Santa Maria, v. 1, n. 18, 2012.

SANCHES NETO, Miguel. "Literatura sem turbulência". *Gazeta do Povo*, 4 ago. 1997.

SANTOS, Wendel. "As categorias do diálogo". In: _____. *Os três reais da ficção*. Petrópolis: Vozes, 1978.

SILVA, Antônio Manuel dos Santos. "Espaços conhecidos, mas estranhos: corpo, casa, rua, labirintos em Rubião, Cortázar e J. Veiga". *Guará*, Goiânia, v. 1, n. 1, pp. 109-121, jul.-dez. 2011.

SILVERMAN, Malcolm. *Moderna ficção brasileira*. Rio de Janeiro: Civilização Brasileira; Brasília: INL, 1978.

_____. *Protesto e o novo romance brasileiro*. Rio de Janeiro: Civilização Brasileira, 2000.

SIMÕES, Darcilia Marindir Pinto; ASSIS, Eleone Ferraz de. "A coerência em perspectiva semiótica no realismo maravilhoso de *Sombras de Reis Barbudos*, de José J. Veiga". *Anais do SILEL*, v 1. Uberlândia: EDUFU, 2009.

SISTO, Celso. "Um outro lugar para estar: o espaço mágico dos meninos de J. J. Veiga". *Travessias*, v. 3, n. 3. Cascavel, Programa de Pós-Graduação em Letras Unioeste, 2009.

SOUZA, Agostinho Potenciano de. *Um olhar crítico sobre o nosso tempo*: uma leitura da obra de José J. Veiga. Campinas: Ed. da Unicamp, 1990.

STEEN, Edla Van. "J. J. Veiga". In: _____ *Viver & Escrever*. Porto Alegre: L&PM; INL, 1982, v. 2, pp. 73-84.

TEZZA, Cristóvão. "Uma surpresa desconcertante". *Folha de S.Paulo*, 7 set. 1998.

TURCHI, Maria Zaira. "As fronteiras do conto de José J. Veiga". *Ciências e Letras*, Porto Alegre, n.34, pp. 93-104, jul./dez. 2003.

VARGAS, Francisco. "Um construtor de fábulas: entrevista com José J. Veiga". *Revista Veja*. Edição 734, 29 set. 1982, pp. 3-6.

VEIGA, José. J. "Depoimento". *Revista Humanidades*. Brasília, UnB, n. 18.

_____. "A literatura ajuda a entender o mundo" (Entrevista). In: _____ *O trono do morro*. São Paulo: Ática, 1988.

_____. "O escritor por ele mesmo" (Conferência). VHS e CD. Instituto Moreira Salles; TV PUC-SP, set. 1999.

_____. "O fantástico na literatura brasileira". In: RÓSING, Tania M. Kuchenbecker; AGUIAR, Vera Teixeira de (org). *Jornadas literárias*: o prazer do diálogo entre autores e leitores. Passo Fundo, 1981.

WEIGERT, Beatriz. "O fantástico e a narrativa no Brasil". *Cenários*, Porto Alegre, v. 1, n. 5, 1º sem. 2012.

1ª EDIÇÃO [2015]
2ª EDIÇÃO [2022] 1 reimpressão

ESTA OBRA FOI COMPOSTA EM ELECTRA PELO ACQUA ESTÚDIO
E IMPRESSA PELA GRÁFICA PAYM EM OFSETE SOBRE PAPEL PÓLEN BOLD
DA SUZANO S.A. PARA A EDITORA SCHWARCZ EM SETEMBRO DE 2025

MISTO
Papel produzido
a partir de
fontes responsáveis
FSC® C133282

A marca FSC® é a garantia de que a madeira utilizada na fabricação do papel deste livro provém de florestas que foram gerenciadas de maneira ambientalmente correta, socialmente justa e economicamente viável, além de outras fontes de origem controlada.